「ど、どうも……」
あと結構な重労働にこの季節でも汗が噴き出してきたけど……姫茴さんが楽しそうなので目をつぶることにした。
そんなこんなで岸から大分離れて
ルを漕ぐのにも慣れてきたと
ので、あたりを見回してみる。
り込む前から気にはなっていた
んだけど、土曜の昼ということもあってか湖上には他のスワンボートもちらほら見える。
問題なのは、そこに乗っているのがほとんどカップルということだ。
……これ、俺と姫茴さんも傍から見たらカップルに見えるってことだよな。

押尾
佐藤こはる

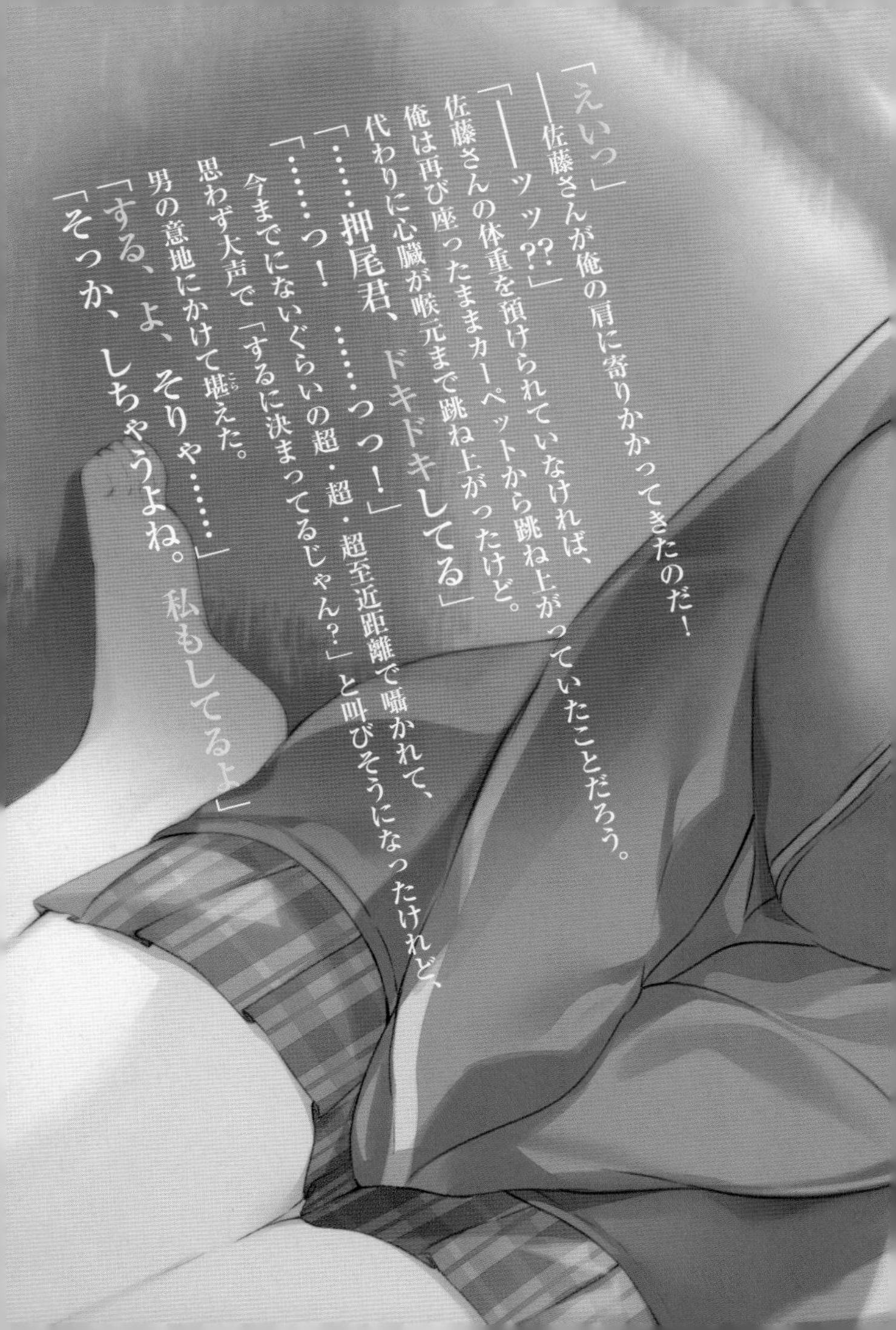
「えいっ」

──佐藤さんが俺の肩に寄りかかってきたのだ！

「──ッッ??」

佐藤さんの体重を預けられていなければ、
俺は再び座ったままカーペットから跳ね上がっていたことだろう。

代わりに、心臓が喉元まで跳ね上がったけど。

「……押尾君、ドキドキしてる」

「……っ！　……っっ！」

今までにないぐらいの超・超・超至近距離で囁かれて、
思わず大声で「するに決まってるじゃん？」と叫びそうになったけれど、
男の意地にかけて堪《こら》えた。

「する、よ、そりゃ……」

「そっか、しちゃうよね。私もしてるよ」

「……あたたかいね」
店から出るなり佐藤さんが言うので、
俺も「あたたかいね」とオウム返しにした。
包み紙越しに伝わってくる火傷しそうなぐらいの熱が、
かじかんだ指先をゆっくりとほぐしてくれて、
ありがたかった。

俺と佐藤さんは店の前に設置された
車止めの鉄棒に腰をあずけて、
横一列に並ぶ。
ふと頭上を見上げてみた。
中秋の名月……は結構前に過ぎてしまったけれど、
今日もそれなりに良い月が出ていた。
空気が冷たく澄んでいるせいか星空も綺麗だ。
思わず「ほう」と白い溜息が出る。
「月が綺麗だね」
「…………うん」

contents

佐藤さん
猿渡かざみ
Kazami Sawatari
イラスト／Aちき
Atiki
Shiotaiou no
Sato san ga
6

押尾 颯太
【おしお そうた】
高校二年生。実家である
「cafe tutuji」の店員。

佐藤 こはる
【さとう こはる】
高校二年生。
通称"塩対応の佐藤さん"

三園 蓮
【みその れん】
高校二年生。
颯太の親友。

五十嵐 澪
【いがらし みお】
高校二年生。佐藤さんのクラスメイトで、
演劇同好会会長。

丸山 葵
【まるやま あおい】
高校二年生。佐藤さんのクラスメイトで、
演劇同好会所属。

樋端 温海
【ひばた あつみ】
高校二年生。佐藤さんのクラスメイトで、
演劇同好会所属。

仁賀隆人
【にが りゅうと】
SSFメンバー。
過去に佐藤さんにこっぴどくフラれている。

小彼郁実
【おがの いくみ】
SSFメンバー。
佐藤さんの写真を撮るのが趣味。

唐花洋一
【からはな よういち】
SSFメンバー。
常識人。だが上の二人に振りまわされがち。

姫茴 薫
【ひめうい かおる】
高校二年生
有名現役女子高生ミンスタグラマー。

c h a r a c t e r s

プロローグ　俺にだけ甘くない

♠

――放課後の教室というのはいつだって、どことなく浮き足立っている。

無理もない。

若き血潮をたぎらせる学生たちが束《つか》の間義務から解放される至福の瞬間だ。

部活動に向けて気持ちを引き締める者、
友人たちと遊びの計画を練り始める者、
はたまた吹き抜ける木枯らしのように颯爽《さっそう》と教室を後にする者……

それぞれである。

さて、そんな中に佐藤《さとう》こはるを中心にした一団があった。

「みおみお！　この前のリハーサル、めっっっっちゃ良かったよっ!!」

「ちょっ、こはる！　ものすごくうるさい！　ありえないほど近い！　聞こえるってば！」

これもまた見慣れた光景といえば見慣れた光景。佐藤さんが演劇部部長・五十嵐《いがらし》澪《みお》さんに、やたら興奮した様子で詰め寄っている。

「みんなの演技もよかったし！　ストーリー？　もほんと──によかった!!　私リハーサルなのに感動しちゃって、涙、で、出ちゃって……」

「分かった分かった!!　思い出し泣きするな！　恥ずかしいから離れてって！」

五十嵐《いがらし》さんも口では煙たがっているが、本気で突き放すような素振りは見せない。

これが彼女なりのコミュニケーションなのだと、最近になってようやく理解した。

「いやぁ、こはるちゃんが観《み》に来てくれてたから私いつもより緊張しちゃったよぉ」

と、さほど緊張してなさそうなのんびり口調で言うのは演劇部員の樋端温海《ひばたあつみ》さん。

「最近、部員が増えたおかげで挑戦できる脚本の幅が格段に広がっちゃってさー、私のクリエイターとしてのインスピレーションがぎゅんぎゅんぎゅんってワケよ！」

指をわきわきさせながら「ぎゅんぎゅん」しているのが同じく演劇部員の丸山葵《まるやまあおい》さん。

いつものメンバー、いつものやり取り。佐藤《さとう》さんの機嫌も上々に見える。「塩対応」なんて影も形もない。

タイミングとして、これ以上はないと思われた。

「今日はいけるんじゃねえの？」

どうやら俺の親友・三園蓮《みそのれん》も同じ意見らしい。帰り支度の片手間にさりげなく耳打ちをしてくる。

いける……うん、いけるはずだ。いくなら今しかない。

「……よし」

なけなしの勇気を振り絞るなら、今だ。

俺はごくりと唾《つば》を呑《の》み、鉛のように重たい一歩を踏み出す。

自然なタイミング、自然な笑顔、自然な発声、自然、自然、あくまで自然に……

何度も何度も頭の中で復唱して、俺は口を開く――

「佐藤さん、今日は一緒に帰――」

「無理」

……佐藤さんから発せられたたったの二文字で、教室内の浮き足立った雰囲気が急転直下。

一瞬にして絶対零度の様相を呈した。

大きな丸い瞳《ひとみ》をきらきらと輝かせていたさっきまでの彼女はどこへやら。

今、俺を鋭いまなざしで睨《にら》みつけているのは――

まぎれもない「塩対応の佐藤さん」であった。

「じゃあね」

佐藤さんは冷たく吐き捨てると、すたすた歩いて教室を出ていってしまう。

ついでに気まずさに耐えかねたクラスメイトのうち何人かもそれに続いて、逃げるように教室をあとにした。

さて俺こと押尾颯太《おしおそうた》はといえば……

この最悪な空気の中、一時停止でもかけられたかのように固まることしかできず……

「あれ、おかしいな、今日こそはいけると思ったのに……」

後ろの方で蓮《れん》が不思議そうに言っているのが聞こえた。

「というかそもそも、なんであんなことになっちゃってるわけ？」

もちろんこんな状態の俺がその問いに答えることなどできるはずもなく、代わりに答えたのはどこか呆《あき》れた風の五十嵐《いがらし》さんであった。

「ほら、動物園の一件で押尾《おしお》君が色々頑張ったじゃん、それのせいでなんか惚《ほ》れ直しちゃったんだってさ、押尾君に」

「は？　惚れ直して、どうしてああなるんだ？」

「緊張しすぎてうまく喋《しゃべ》れないらしいよ」

「いわゆる好き避け、ってヤツ？」これは丸山《まるやま》さんの言。

「私までドキドキしちゃうよぉ」こののんびり口調はもちろん樋端《ひばた》さん。

「付き合ってもう半年近く経《た》つのに、好き避けだぁ？」

蓮の心底不思議そうなセリフが、いちばん胸に突き刺さった。

……いや！　というか固まってる場合じゃないだろ！　俺!!

「――佐藤《さとう》さんっ!!」

「あっ、ちょっと押尾君っ!?」

走り出す直前、五十嵐《いがらし》さんに引き留められたが、俺は構わず佐藤《さとう》さんの後を追った。

これじゃいつもと同じだ！

俺だって早く、前みたいに佐藤さんと喋《しゃべ》りたい！

勢いよく教室を飛び出すと——意外なことに佐藤さんは教室を出てすぐのところに立ち尽くしているではないか。

「いたっ！」

「どっ!?」

よっぽど驚いたのか佐藤さんは妙な悲鳴とともに跳ね上がり、その場で固まってしまう。

チャンスだ！　今しかない！

俺は佐藤さんの丸い目を正面からまっすぐ見据え、そして思いのたけをぶつけた。

「——佐藤さんごめん！　俺になにか悪いところがあったら直すから！　だからせめて話だけでもしてほしいんだ！」

「あ……！　う、うう……！」

佐藤さんがたじろぐ。恥じらいに頬《ほお》を染めるその表情は、年相応の少女のソレでしかない。

よし！　いきなりのことで佐藤さんの「塩対応」が発動していないぞ！

「お、おし、押尾《おしお》くん……わ、私は……」

佐藤さんの震える唇から、ゆっくり、ゆっくりと言葉が紡ぎ出される。

いいぞ！　畳みかけるなら今しかない！

……半ば勝ちを確信した、矢先のことだ。

「あ、佐藤さんと押尾だ」

「まーたイチャついとるよ」

「うらやまし～」

「殺したろかな……」

偶然近くを通りかかったクラスメイトたちの何気ない呟《つぶや》き……これが命運を分けた。

彼らの客観的な感想は、佐藤さんにほんの少しの冷静さを取り戻させてしまったのだ。

そしてそのほんの少しの冷静さこそが、佐藤さんの中にある「塩対応スイッチ」を押してしまい――

「学校で、話しかけないで」

……ペキリ、と。

音を立てて今、俺の心が折れた……

「じゃあね」

佐藤さんは冷たい声音でそれだけ言い捨てると、すたすたとその場を立ち去っていく。

今度こそ俺は、その場から一歩も動くことが出来なかった。

「フラれた」

「押尾《おしお》がフラれたぞ」

「ドンマイ」

「ラーメンでも食いに行くか？」

クラスメイトたちからかけられる優しい言葉がやけに心にしみた……

✿

桜庭《さくらば》高校二年、姫茴薫《ひめういかおる》は世界の中心にいる――

そう感じることが、結構ある。

ちなみにこれは思春期特有の根拠のない思い上がりとか、無知ゆえの全能感じゃない。自信と経験に裏付けされた、ゆるぎないジジツというやつだ。

わたしの周りには常に綺麗《きれい》なもの、可愛《かわい》いもの、オシャレなもの、驚くべきもの、フツーじゃないもの……そういった人々の関心を引くものが、自然と集まってくる。

インリョク、インリョクが働いているのだ。

そんなことを考えながら一人、放課後の廊下を歩いていた時のこと……

「あああ私はまたなんで押尾君にあんなことをぉぉぉぉ……!!」

「うわっ!?」

思わず本気の悲鳴をあげてしまう。周りに人がいなかったのが不幸中の幸いだ。

何かが悲鳴をあげながらものすごいスピードでわたしのことを追い抜いていったけど……

「な、なに今のー……？」

あれは
「佐藤《さとう》こはる？」

そうだ。後ろ姿しか見えなかったけれど、あれは佐藤こはるだ。

わたしのクラスメイトで、直接話をしたことはないけれど、なんとなくいけ好かない女子。

なんだかフツーじゃない雰囲気だったけど……

「……面白そうな匂《にお》いがするー」

こういう時のわたしの嗅覚《きゅうかく》はなによりも鋭い。

佐藤さんの走ってきた方へ振り返ってみると、案の定、廊下の先に人だかりができているじゃないか。

わたしはすぐさま来た道を引き返し、そして適当な男子に目をつけると――

ヒメスイッチ・オン。

男子の肩を軽くぽんと叩《たた》き、声のトーンをワンオクターブ上げて……

「ね～、みんな集まってなにしてるの～？」

「ん？　……おわっ⁉　姫茴さんっ⁉」

声をかけられた男子は目を剝《む》いて驚き、周りの男子も弾《はじ》かれたようにこちらへ振り返る。

そんないつも通りの反応が、ほんの少しだけわたしの自尊心を慰めた。

「なにかあったの～？」

「……あっ、そっ、そうそう！　フラれたんだよ！」

「フラれた～？」

「そ！　佐藤《さとう》さんが押尾《おしお》をフったんだよ！　学校で話しかけないでー、っつって！」

「ああ～……」

確かに、人だかりの中心で押尾颯太《そうた》がこの世の終わりのような顔をしているのが見えた。

押尾颯太と佐藤こはる――ウチのクラスでは有名なカップルだ。

その有名さはひとえに「塩対応の佐藤さん」の知名度によるものが大きいが……

まぁ、そんなことはこの際どうでもよくって、

要するにこれは、どこにでもあるフツーの高校生の、フツーの痴話喧嘩《ちわげんか》で、

「……しょーもなー」

「えっ？」

わたしの口からぽろりと漏れた台詞《せりふ》に、男子の一人が目を丸くした。

あ、いけないいけない、あまりのしょうもなさに思わずスイッチが切れてしまった。

ヒメスイッチ、再びオン。

「え〜〜〜？　なになに〜？　ヒメなんか言った〜？」

「えっ、いや、あれっ？」

「わら〜」

わたしは適当に会話を切り上げて、人だかりから離れる。

後ろの方で「やっべー姫茴《ひめうい》さんに話しかけられちゃったよ！」なんて男子たちのはしゃぐ声が聞こえたけれど、もちろん、いつものことなので無視した。

わたしはこんなどこにでもあるフツーのことに構っている暇はないんだ。

そう思って、再び人のまばらな廊下を歩き始めると……

「──うわー、またミンスタでお姫様のアカウントがおすすめに出てきたー、げえ」

女子トイレからそんな声が聞こえてくる。

「えーっ？　またー？」

「うぜ〜〜、フォローしねーっつーの」

「もう先回りしてブロックしちゃいなよブロック、ははは」

「てかヒメのミンスタ更新頻度たけ〜っ、うわ見てよこの写真、有名人気取り」

「自意識過剰〜〜さっすがお姫様」

キャハハハハ、絵に描いたように性悪な笑い声がトイレの外まで響いている。

……わたしは世界の中心だ。インリョクがあるんだ。

だからこんな面白いことも引き寄せてしまうんだろうなあと、常々思う。

わたしはいつも通り──スイッチ・オン──間髪容《かんはつい》れず女子トイレへ滑り込むと、わざとらしいぐらい無邪気な笑みで言う。

「──なになに～？　みんなミンスタの話してたの～？　ヒメも交ぜて～！」

「あっ⁉」

「やっぱ……！」

手洗い場で一列に並んでいる女子三人組と鏡越しに目が合った。

この時の彼女らの表情ときたらもう、もし写真が撮れていればさぞやSNS映えしたことだろう。さっきまでの楽しげな雰囲気から一転、絵に描いたような顔面蒼白《そうはく》だ。

右から軽田《かるた》、夏目《なつめ》、品本《しなもと》……バレー部の女子三人組。

よし、憶《おぼ》えた。

あなたたちは、今日からヒメの「敵」だ。

「べっ……別にミンスタの話なんかしてないし……行こ、みんな……！」

「う、うん……」

彼女らはわたしと目を合わせないよう、そそくさと女子トイレから出ていってしまう。

ふふーん、また勝ってしまったなー。

誰もいなくなったトイレで独り勝利の余韻に浸る。ま、当然の結果だけどねー。

「見るのもイヤならぐだぐだ言ってないでさっさとブロックしちゃえばいいのにー、頭悪い人たちってホーント時間の無駄遣いが好きだよねー」

わたしはトイレの壁に背中を預けて、流れるようにミンスタのアプリを立ち上げる。

「ま、いいや、わたしはそんなどーでもいいことにかまけてる暇ないしー、なんてったって」

そして自らのアカウントページを開き……思わず笑みをこぼした。

何百回、何千回見たって飽きるはずがない。

何故《なぜ》ならわたしはこうすることで確認しているからだ。

アイザック・ニュートンが樹上から落ちる林檎《りんご》を見て万有引力の法則を発見したように――わたしは自らのミンスタアカウントを見るたびに確信するのだ。

「――6万人のフォロワーがヒメを待ってるんだからねー」

Hime_0622　総フォロワー数6.6万――

やはりわたしにはインリョクが働いているのだ、と。

押尾颯太
押尾君、、、今日は本当にごめんね、、、
既読 19:02
ごめんね
既読 19:03
押尾颯太
ううん！
19:07
押尾颯太
全然気にしてないよ！
Yes
19:07

♥

「よかったぁ……押尾《おしお》君、怒ってないみたい」

永遠にも思える4分間。

自室で一人、押尾君の返信を待ち続けた私は、そこでようやく呼吸を思い出した。

もしかすると4分間ずっと息を止めていたんじゃないかと思ってしまうほど、長く深い溜息《ためいき》が出た。

とにかくこれで安心だ。

なんて言ったってスタンプまで返ってきてるし！

なんて思っていると、まるでタイミングを見計らったようにスマホが震えた。

押尾君からじゃない。

演劇部の三人に私を加えて「作戦会議用」に作ったＭＩＮＥ《マイン》グループへの通知だ。

みおみお

よかった！　押尾君怒ってないみたい！

19:10

わさび

スタンプまで返ってきてるし！

19:10

みおみお

とか思ってるだろ

19:11

わさび

んなわけない

19:11

みおみお

自分がそーいうことされたら
どういう気持ちになるか考えなさい

19:12

ひばっち

ごめん、こはるちゃん。
なんて送ろうか迷ってたら
話終わっちゃった、、、

19:12

「ぜ、全部見透かされてる……」

彼女らはエスパーかなにかなのだろうか？　思わず戦慄《せんりつ》してしまった。

……いや、そんなことはこの際問題じゃない。

大事なのはみおみおの送ってきた一文で、

――自分がそーいうことされたらどういう気持ちになるか考えなさい。

「自分がそーいうことされたら……」

例えば、例えばだ。

私と押尾《おしお》君の立場を入れ替えてみる。

――押尾君、今日は一緒に帰ろうよ！

――無理。

――学校では話しかけないでもらえるかな。

「ふぐぅっ……！」

ペキリ、と心の折れる音がした。

これは辛《つら》い！　辛すぎる！

想像しただけでちょっと涙が出てきた……！

私は押尾君にどれだけひどいことをしたのか本当の意味で分かっていなかった！

「あ、謝らなきゃ……！」

もう恥ずかしいとかうまく喋《しゃべ》れないとか言ってる場合じゃない。

電話だ！　電話をかけないと！

詰まってても、どもってても、直接言葉で謝らなきゃダメだ！

いてもたってもいられなくなり、確認のメッセージすら送らないまま押尾君のホーム画面から「音声通話」アイコンに指を触れようとした、まさにその時……

部屋のドアをノックする音がして、私は
「ひゃひっ!?」

と変な悲鳴をあげてしまった。

「な、ななな、なにっ!?」

「私だ、ちょっといいか」

ドアの向こうから返ってきたのはお父さんの声。

まぁお母さんがノックなんてするはずないから、お父さん以外にありえないんだけど……

それはそれとしてタイミングが悪すぎる！

「とりあえず、入ってもいいか」

「い、いいけど……私今忙しいんだけど？」

「15分で済む」

お父さんは悪くないけど、押尾君への電話が邪魔されて少し頭にきていたのもある。つい言い方が強くなってしまう。

「もう、わざわざ部屋まできて、なんの、よ、う……？」

でも、ドアの向こうに立っているお父さんの姿を見た時——私は蛇に睨《にら》まれた蛙《かえる》だった。

七対三で分けた黒より黒い頭髪、そしてシワ一つないワイシャツに、ぴっちりと締めた青いネクタイ。しかしその一方で、いかにも神経質そうなシャープなメガネのフレームからは、日頃の激務で刻まれた深いシワが、これでもかとはみ出している。

お父さんがスーツから着替えていない。

オフじゃない。

完全な「仕事モード」だ。

そしてこういう時に何が起こるのかは、いつも決まっている。

「下まで、来なさい」

お説教が、始まる。


一階のダイニングテーブルに向かい合って座る。

空気が泥みたいに重く、そして息苦しく感じた。

普段は気にも留めない時計の秒針のこちこち進む音が、いやに大きく感じる。

「……」

お父さんはなかなか話を始めようとしない。

……いったい、何を怒られるのだろう？

そもそも私、何かお父さんに怒られるようなことしたっけ？

じゃあこの気まずい空白の時間は私に過ちを気付かせるために用意されたもの？

なんにせよ、生きた心地がしない……！

どれぐらい待ったのだろう、お父さんがゆっくりと口を開いた。

「今日、私の部下からミンスタグラムなるものの使い方を教わった」

……み、ミンスタグラム？

お父さんの真面目すぎる口調から耳馴染《みみなじ》みのある単語が飛び出してきたから、一瞬フリーズしてしまった。

「は、はあ……ミンスタグラムを……」

ミンスタグラムって……私の知ってるあのミンスタグラムだよね？

向こうの反応を窺《うかが》おうとしたけれど、メガネの奥の黒々とした瞳《ひとみ》からはなにも読み取れなかった。私とお父さんでは人生経験が違いすぎる。

「そこでな、私はいいと言ったのだが、部下が私に気を使ったらしく見つけてくれたんだ」

「な、なにを？」

「こはるのアカウントを、だ」

「…………………………………えっ？」

再び、フリーズ。

見つけてくれた？

なにを？

私のアカウントを？

それって要するに……私のミンスタをお父さんが見たってこと？

押尾《おしお》君とのツーショットを投稿したりした、あのアカウントを、実の父親に……

――途端に、かぁっと頭へ血が上る。

「おっ、お父さんっっ!?　どうしてそういうこと――――！」

私は怒りに任せてお父さんを問い詰めようとしたけれど――鋭い眼光に射抜かれて、すぐに口をつぐんでしまった。

お父さんはといえば、まるでそれが初めから決められていたことであるかのように淡々とした所作で、自らのスマホをテーブルの上に置き、こちらへ差し出してくる。

「SNSにおけるセキュリティ意識の低さについてはこの際目をつぶるとして……これはなんだ？」

スマホ画面には――やはりあらかじめ用意してあったのだろう――私のミンスタグラムのアカウントページが表示されていた。

たちまち顔面が熱くなり、今すぐにでもアカウントを消したい衝動に駆られたけど、そうも言ってられない。

「な、なにって……私のミンスタのアカウントですけど……なにか……？」

いっそ開き直ってみた。

そうだよ！　別にやましいことなんてなにもないもん！

するとお父さんは、やはり淡々と
「何人増えた？」

なんて、重ねて聞いてくる。

「な……何人って？」

「フォロワーだ。ミンスタを始めてから、何人増えた？」

「ふぉろわー……？」

また耳馴染《みみなじ》みのある言葉が飛び出してきたものだから、意味もなく繰り返してしまった。

「な、なんでそんなこと聞くの……？」

「いいから答えろ」

「ええと、そう、だ、なあ……いち、に……」

「指を折って数えるフリをしなくてもいい。ここに書いてある数字を見れば一目瞭然《いちもくりょうぜん》だろう」

お父さんがディスプレイを指先でこつこつ叩《たた》く。

sato koharu_0515　フォロワー数は……6。

というか一目瞭然《いちもくりようぜん》ならわざわざ私に聞かなくたっていいじゃん！　恥ずかしいんだけど！

ちなみに、夏休みに私がcafe tutujiでアルバイトをした時、私と押尾《おしお》君と押尾君のお父さんの三人で記念撮影したものが最新の画像となっているが……

「さ、最近は勉強を頑張ってたから更新もできなくて……ちょーっと、少なめかなー……？」

言い訳をしてみた。

どうして自分の父親にこんな言い訳をしないといけないのか……

しかしお父さんは変わらず淡々と、

「そうか、ではこちらをご覧いただこう」

「えっ？」

言うが早いか、お父さんはどこからか一枚のＡ４用紙を取り出して、それを机の上に広げた。

な、なにこれ？

なんかすごく細かいグラフみたいなのがみっちり書き込んであるけど……

「これは佐藤《さとう》こはるが入学してから今までに受けた全ての定期考査――すなわちテストの点数を各教科ごとにグラフ化したものである」

「なんでそんなもの作ってるの!?」

思っていたことがノータイムで口から飛び出してしまった。

でもお父さんはこちらの驚愕《きょうがく》なんてまるっきり無視だ。

「そしてこはるがミンスタグラムに初めて写真を投稿したのが、この時期、今からおよそ八か月前だ」

「は、はい」

「そしてテストの点数推移は、ちょうどこの時期から緩やかな下降傾向にある。前回のテストでもまた学年順位が下がったそうだな」

「う、うぐ……」

……確かに、お父さんの言う通り順位は下がった。

少なからず危機感を覚えていたのも本当だ。

「これでこはるが先ほどした、学業に専念していたためにミンスタグラムの更新が疎《おろそ》かになっているという主張は崩れるわけだ」

「そっ……それはそうかもしれないけどっ！　余計なお世話だよ！　成績が下がったって言っても学年では五位以内だし、第一ミンスタグラムのことはお父さんと関係ないじゃんっ！」

「――ある」

「えっ？」

予想外の返しに三度目のフリーズ。

何かの冗談かと思ってお父さんの表情を窺《うかが》い、そして……自分の浅はかさを痛感した。

「成績が下がったのは決して好ましいことではないが、まあ良い。しかし、いいかこはる。かつてお前は言った。自分はミンスタグラムに本気なのだと」

少し考えれば分かることだったんだ。

あのお父さんが、わざわざ仕事モードでこんなものまで用意して――冗談なはずがない。

「押尾颯太《おしおそうた》もその言葉を信じてあの日私を説得した。勉学を含めたその他のあらゆることよりも、こはる自身の決めたことが肝要なのだと。佐藤《さとう》こはるを一人の人間として信用するべきだと。だからこそ通信制限の件も水に流し、決して少なくない月額料金を負担してWi-Fiを契約している――しかしこの有様はなんだ？　これで本気と言えるのか？」

そして、浅はかな私はそこでようやく気がつく。

「ところで、私はどうしても許せないものがこの世に二つある」

お父さんが、かつてないほど怒っていることに――

「途中で投げ出す者と、信頼を裏切る者だ」

お父さんが椅子《いす》から立ち上がって私を見下ろす。

メガネのレンズの奥で、濡《ぬ》れた刃物のように鋭い眼差《まなざ》しがぎらりと光った。

「――お前はっ！　父である佐藤和玄《かずはる》と！　そして恋人である押尾颯太の信頼を！　同時に裏切っているっっっ!!」

「あぁっ!?」

椅子ごとひっくり返るほどの衝撃が私を襲った。

い、言われてみれば、確かに!!

「はっきり言って私は古い人間だ。本来SNSなど反対する立場だが、信用問題となれば話は別だ！　私の娘としてやるからには中途半端など断じて許さん！　――いいかこはる！　期限は一か月後の20時！　ミンスタグラムのフォロワーを今の百倍に増やせ!!　それができなければ、私はお前を一人の人間としては認めん！」

「いっ、一か月で百倍っ!?」

あまりの無理難題に思わず声をあげてしまった。

それって要するに、あと一か月のうちにミンスタのフォロワーを６００人まで増やさないといけないってこと!?

「ムリムリムリっ!!　だって八か月も続けて、まだフォロワー6人しかいないんだよっ!?」

しかもうち4人は雫《しずく》さん麻世《まよ》さん凛香《りんか》ちゃん、そして最後に押尾君が運営しているcafe tutujiの公式アカウントっていう、バリバリ知り合いしかいないラインナップだし！

残り2人はスパム？　とかいう、なんか怖いアカウントだしっ！

でも、お父さんがこんな泣き言聞いてくれるはずもなく……

「それができないのならミンスタグラムの更新は今後一切禁止！　押尾颯太との交際にもそれなりの制限を課し、勉学に専念してもらう！」

「そ、そんな――――っ……!!」

突き付けられた条件に目の前が暗くなる。

あと一か月でミンスタのフォロワーを６００人に？　この私が？

そんなの、絶対に無理に決まってる……！

「――――ふ――――っ、いいお湯だった～。あっパパ、もう終わったの？」

「ああ、きっかり15分だ。夕食にしよう」

「はいはーい、ほら、こはるも食器運んでー」

頭からほかほかと湯気を立たせたお母さんが台所の方から声をかけてきたけれど……私は、椅子《いす》から立ち上がることすらできなかった。

押尾颯太《おしおそうた》との交際にも、それなりの制限を課す……

それって……もしかして……

「もう押尾君とデートできないってことぉ……？」

自分でもびっくりするぐらい情けない声が漏れた。


期限はあと、一か月。

一枚目　眞壁珈琲店

「今日はやめといた方がいいんじゃねぇの……？」

放課後のこと、俺の親友・三園蓮《みそのれん》が帰り支度の片手間にさりげなく耳打ちをしてくる。

……確かに、昨日とは状況が違って、一人で帰り支度をしている佐藤《さとう》さんから機嫌の善《よ》し悪《あ》しを測ることはできない。

加えて昨日の手痛い敗北で俺のメンタルにちょっとヒビが入っていることも補足しておこう。

でも俺だって馬鹿《ばか》じゃない。勝算はあるのだ。

「……スタンプ」

「なに？」

「夕べ、佐藤さんからポメラニアンの可愛《かわい》いスタンプが送られてきたから……」

「……だから？」

「……いける！」

「あ、そう……」

蓮《れん》の反応は極めてドライ、というかちょっと呆《あき》れ気味だったけど関係ない。

さあ再アタックだ！

俺は力強く一歩踏み出して、佐藤《さとう》さんに声をかける。

「佐藤さん、今日は一緒に帰……」

「──ごめん押尾《おしお》君！　私今日用事があるんだ！」

言うが早いか、佐藤さんはスクールバッグを肩に提《さ》げて、つむじ風のように教室を飛び出していってしまった。

笑顔のまま固まった俺だけが、その場に取り残される……

「うわっ……」

遠目に見ていた蓮の、いろんな意味が含まれているのであろう「うわっ」。

これを聞いた時、俺の胸のあたりからペキリと音が鳴ったような気がした。

「あ、押尾がまたフラれてる」

「ドンマイ」

「女は星の数ほどいる」

「ラーメンでも食いに行くか？」

ついでに通りすがりのクラスメイトたちからかけられた優しい言葉で、胸のあたりからペキペキッと音が鳴り、俺は、もう……

「……蓮」

「……なんだよ」

「なんかこう、近くに神社とかないかな……」

「うおいっ!?　スピリチュアルな方面に走り出したらお前マジで終わりだからな!?」

「ははは、冗談に決まってるじゃないか」

「目が笑ってねえんだよ……」

「……悪い、ちょっとだけ一人にさせてくれ、今日は一人で帰りたい……」

「本当に思いつめるなよ!?　なんか今にも首をくくりそうな雰囲気だ……」

「はは、大袈裟《おおげさ》だな」

いくらなんでも、この程度で命を絶ったりするわけないじゃないか。

……でもまぁ、その一歩手前ぐらいの精神状態であることは間違いないけど……

「じゃ、そういうことだから、また明日な、蓮……」

「――いいか颯太《そうた》！　恋愛っていうのは手詰まりを感じたらあえて距離をとるのも手のひとつだ！　時間が解決することって案外多いんだぜ！」

いつもより幾分か重く感じるリュックを背負って教室を出ようとしたところ、背中越しにそんなことを言われた。

距離をとるのも手のひとつ、時間が解決することも案外多い……か。

蓮《れん》の言うコトはいつだって正しく聞こえる。

こんな風に辛《つら》い時ほど、つくづくアイツが親友でよかったと思うのだ。

「ありがとう蓮、喫茶店にでも行って、久しぶりに一人で落ち着いてみるよ」

「……ああ、じゃあな……」

彼にしては珍しく歯切れの悪いセリフ。

それも俺を心配してのことだろうと思うと、これが結構ありがたかった。


――いつもは隣に佐藤《さとう》さんか蓮がいた。

一人で下校するなんていったいいつ以来だろう。

一人の通学路はやけに静かで、長く感じる。

薄灰色に曇った空と肌寒い秋風のせいかもしれない。

こうして一人で歩いていると、どうしても余計なことばかり考えてしまう。

……俺も頭ではちゃんと分かっているんだ。

佐藤さんが俺を避ける理由……それは別に俺を嫌いになったからじゃないってこと。

でも、それはそれとして好きな人に避けられ続けるのは、もちろんこたえる。

おまけに先日ネットで見た「可愛《かわい》いだけじゃない！　好き避けは疎遠からの自然消滅に繫《つな》がる!?」という記事が、ずっと頭の中をぐるぐるしているのだ。

好き避け、疎遠、自然消滅……ぐるぐるぐる……

溜息《ためいき》が出る。

……というか俺と佐藤さん、他の同年代カップルと比べて関係進むの遅いよなぁ。

未《いま》だにお互い名字呼びだし、付き合って半年の間にやった恋人らしいことといえば手を繋いで、誕生日プレゼントに腕時計を贈り合ったぐらいだけど……

恋人。恋人だよな？

やってること自体は付き合う前とあんまり変わらない気もしてきた。

たとえば蓮ならこんな時、スマートに段階を踏んでいくんだろうなあ。本当に尊敬だ……

……いや違うな、世のカップル全てに尊敬だ。

付き合うっていうのは言ってしまえばただの口約束で、二人の間で契約書を交わしたわけじゃないし、なんの保証もない。

目に見えるものなんてほとんどないけれど、それでも皆、確かに恋人との関係を確信しているんだ。

恋だの、愛だの、なんだの、かんだの。

一方俺は、ほんの少し恋人に好き避けされたぐらいでこんなにも不安になってしまっているわけで……

……ダメだダメだダメだ！　心が弱っている！

ぶるぶると頭を振って、ネガティブな考えを無理やり追い払った。

一人だとついネガティブなことばかり考えてしまう。こういう時は熱くて濃いコーヒーを飲むのが一番だ。


下校ルートから外れて薄暗い路地へ入る。

そして迷路のような道を進んでいくと……路地裏にひっそりと佇《たたず》むレンガ造りの小さなお店が見えてきた。

店先に取りつけられたカンテラの灯《あか》りが、アンティークな木扉とブロンズ・プレートに刻まれた〝眞壁珈琲店《まかべコーヒー》〟の文字を優しく照らし上げている。

……本当に久しぶりだなぁ。

佐藤《さとう》さんと付き合うよりもずっと前の話だ。

cafe tutuji公式ミンスタグラムの運営を任された俺は、取材のために桜庭《さくらば》市内の有名なカフェや喫茶店を巡った。

この〝眞壁珈琲店〟もその時父さんからオススメされた喫茶店の一つだ。

佐藤さんと付き合ってからはなかなかタイミングが合わなくて、訪れる機会もなかったけれど……

……せっかくなら佐藤さんと一緒に来たかったなぁ……

「うおいっ⁉　またネガティブになってるぞ押尾颯太《おしおそうた》！」

俺はぱしんと頬《ほお》を張って、再びネガティブ思考を追い払う。

ダメだ！　一人でいると嫌なことばかり考えてしまう！　さっさと中へ入ろう！

……と、決心したところまではよかったが。

「うー──っ……なんなのここー、入りづらすぎるんですけどー……」

……扉の前に誰かいて中へ入れない。

後ろ姿なので顔は分からないが、女子高生だ。

何故《なぜ》分かるのかというと、彼女が桜庭高校の制服を着ているからである。

「なによー……レビューにそんなこと書いてなかったじゃんさー……店の中薄暗いし、扉でかいしー……もおおー……っ」

扉の前の彼女は一人ぶつぶつ言いながら、スマホと扉へ交互に視線を行き来させている。そのたびにポニーテールがゆらゆら揺れた。

何やってんだろ……

あれ？　というかこの声と後ろ姿は。

「でも、うー──っ、せっかくここまできたわけだしー……一人でこんなオシャレなカフェに入れればヒメの大人なイメージがー、フォロワーたちにもー……」

「──姫茴《ひめうい》さん？」

「ひぃえぇっ⁉」

謎《なぞ》の女子高生、もとい姫茴《ひめうい》さんがびくんと肩を震わせる。いいリアクションすぎてこっちまで「うわっ⁉」と悲鳴をあげてしまった。

「えっ、あっ、あれ⁉　押尾《おしお》クンっ⁉」

――クラスメイトの姫茴薫《かおる》さん。

アレンジの効いたポニーテールと黒目がちの大きな瞳《ひとみ》、そして骨格の存在を疑ってしまうぐらい小さな顔が特徴だ。

俺の知り合いにはなかなかいないタイプの、キラキラした女子高生。

アイドル顔負けのルックスはもちろん、聞いたところによるとミンスタグラムのフォロワーが6万人を超えているらしい。学内での知名度でいえば「塩対応の佐藤《さとう》さん」を凌《しの》ぐ有名人である。

今まで直接話したことはなくって、言葉を交わしたのは今回が初めてだったわけだけれど
……そんなにびっくりすることかな？

「あ、ご、ごめん別に驚かすつもりはなかったんだけど……」

「ひっ……ヒメ、いきなり声かけられたからびっくりしちゃった～～！　押尾クンはな～んでこんなところにいるのカナ～～？　もしかしてヒメの追っかけ～～？　なーんて……」

姫茴さんは首を斜めに傾けて、小悪魔風に微笑《ほほえ》みかけてくる。

このまま写真に撮ってミンスタへ投稿できそうなぐらい計算された構図だった。

……なんか姫茴さんこの短時間でキャラ変わった？

若干の戸惑いを覚えつつも、ひとまず普通に答える。

「なんでって……コーヒー飲みにきたんだけど……」

「えっ？　押尾クンもしかしてこのお店に入るつもり？　一人で？」

「ここに来るときはたいてい一人だよ……」

「常連……？」

姫茴さんはあたかも「信じられない」といった反応だが……俺には姫茴さんが何に驚いているのかも分からない。

なんにせよ、店の前で二人立ち話というのも変な話だ。

「とりあえず、あの……入ってもいいかな？　喉渇《のど》いちゃって」

「えっ？　あ、う、うん……どうぞ……」

ようやく自分が唯一の出入り口を塞《ふさ》いでしまっていたことに気付いたらしい。姫茴さんは少し気まずそうにちょいっと横へずれた。ポニーテールもちょいっと跳ねる。

ふう、これでやっとコーヒーが飲め……

「待って押尾クン！」

「こ、今度はなんですか……？」

思わず敬語になってしまった。

姫茴《ひめうい》さんは何度か「あ、う」と口をパクパクさせたのち、歯切れの悪い口調で……

「そ、の……なんというか……私も、一緒に入っていい……かなー？　って……」

「……？　お店に？　一緒に入るってこと？　俺と？」

姫茴さんがこくりと頷《うなず》く。俯《うつむ》きがちの顔は微《かす》かに朱色に染まっていた。

初めはイマイチ姫茴さんの意図が分からなかった俺だけど、その反応を見てようやくピンとくる。

おそらく姫茴さんは眞壁珈琲店《まかべコーヒー》の評判をどこかで耳にして興味を持ったはいいが、いざ足を運んでみると趣のありすぎる店構えに気圧《けお》されてしまい、門前で二の足を踏んでいたというところだろう。

確かに、考えてみれば眞壁珈琲店は初見の、まして女子高生が一人で気軽に入れる雰囲気のお店ではないのかもしれない。

そういうことなら話は早い。

「いいよ、それぐらい」

「ほ、ほんと!?　……あっ！　いやっ、うん、まあせっかく会えたからねー、イチゴイチエ？　一緒に入ってあげてもいいかなーなんて」

「えーと、ありがとうございます？」

どう反応していいのか分からなくて適当に返事をしてしまったけれど、なにはともあれようやく中に入れるらしい。俺は真鍮《しんちゅう》のドアハンドルを引いて、木扉を開いた。

――たちまち店内からあふれ出したコーヒー豆の香ばしく華やかな香りが、俺たちを出迎える。

黒を基調としたシックな内装、店内を横断する木製のカウンターテーブル、店主である眞壁さんの膨大な数の蔵書が収められた壁一面の本棚、店内に流れる幻想的なＢＧＭまで、前に来た時と何も変わっていない。

唯一変わったところといえば……最近の流行《はや》りに合わせてか、天井から何本ものドライフラワーがさかさまに吊《つ》り下がっていることだろうか。

「……」

どうでもいいけど姫茴さんが店内の雰囲気に圧倒されたらしく、すっかり静かになって俺の背中に隠れてしまった。

「――ああ、いらっしゃい」

手前のカウンターでなにか書き物をしていた店主の眞壁さんがこちらに気付いた。眞壁さんは歳《とし》こそ30代前半と若いが、この喫茶店と同じ、落ち着いた雰囲気の男性だ。

「あれ、颯太《そうた》君じゃん、一年ぶりぐらい？」

「かもしれないです」

「後ろの子は……」

「ど、どうも……」

「颯太《そうた》君のカノジョ？」

「違いますよ、さっきお店の前で偶然会いました、クラスメイトです」

「ああそうなの、二階テーブル席と一階カウンター席、どっちにする？」

「そうですね……」

カウンターには男性客の二人組と女性客が一人、席にはまだ余裕があるようだし……

「じゃあカウンター席で」

「はいカウンターね」

「カウンターなの!?」

最後の驚き声は姫茴《ひめうい》さんの発したものだ。

俺と眞壁《まかべ》さんが揃《そろ》って「えっ？」と声をあげ、カウンターのお客さんも何事かと振り向いた。

店中の視線が集中し、たちまち姫茴さんの顔が赤くなる。

「どうしたの姫茴さん？」

「えっ、いやっ、べ、別に……なんでもないです、はい……」

「……？　お好きな席にどうぞ」

さすがの眞壁さんも不思議そうな顔をしていたけれど、とにかく案内されたので、俺は適当に空いているカウンター席を見つけて、着席。

姫茴さんは借りてきた猫のように小さくなりながら俺の後に続くと……

何故《なぜ》か隣にちょこんと着席した。

……あれ？　てっきり一緒にお店に入るだけで席は別なのかと思ってた。

まぁどこに座っても別に自由だからいいんだけど……

「……」

ちなみに姫茴さんはといえば、教室での天真爛漫《てんしんらんまん》な印象とは打って変わって、キョロキョロと落ち着かない様子だ。

そんな仕草に俺はそこはかとないデジャヴを感じる。

……そうだ、cafe tutujiで出会ったばかりのころの佐藤《さとう》さんに、少しだけ似ているんだ。

「な、なによー……？」

こちらの視線に気付いたようだ。

姫茴さんはメニューとのにらめっこを中断して、どこか恥ずかしそうに言ってくる。

そういうところも少し佐藤さんと似ていた。

「……姫茴さん、ここはコーヒーが美味《おい》しいよ。琥珀《こはく》ってやつ」

「しっ……知ってるしー！　それぐらいちゃんと食べレポで調べたから知ってるしー！」

「マスカットのレアチーズケーキも美味しいんだけど、それは食べレポにのってた？」

「うっ」

姫茴《ひめうい》さんが一度呻《うめ》いて、きっとこちらを睨《にら》みつけてくる。

「押尾《おしお》クン……これで勝ったと思わないでよねー……」

「なにに……？」

姫茴さんはさっきからいったい何と戦っているんだろう……

「レアと琥珀《こはく》ね、少々お待ちください」

眞壁《まかべ》さんが注文の準備に取りかかる。

他のお客さんたちは文庫本を読みふけったり、談笑したり、思い思いに過ごし、店の中の時間がゆっくりと流れていく。

そんな緩やかな時間の流れの中で、姫茴さんの緊張も少しずつ緩んできたらしい。

「……押尾クンって、こういう喫茶店に一人で来たりするキャラだったんだねー、ぜんぜん知らなかったー」

初めて向こうから話しかけられた。

「そういう姫茴さんは学校とはだいぶキャラ違うね？」

「え～？　キャラってなに～？　ヒメはヒメなんだけどぉ～」

姫茴さんが声のトーンをワンオクターブ上げて、上目遣いにそんなことを言ってくる。

……ほんの少しの静寂があって、姫茴さんは「はぁ」と疲れ切ったような溜息《ためいき》を吐《つ》いた。

「今更隠してもしょうがないかー……そーだよ、わたし学校ではキャラ演じてんのー、ミンスタグラマーのヒメをさー」

「ああ、姫茴さんミンスタグラムやってるらしいね」

「らしい⁉　なに押尾クン知らないの⁉」

「直接は見たことないから……でもあれだよね、フォロワー数がすごく多いって聞いた」

「すごくじゃなくてメチャクチャ多いのー！　６万人だよ６万人！」

「おぉー」

「どう？　見直したー？」

「頑張ったね姫茴さん」

「ぐっ……なんか反応がズレてるんですけどー……！」

どうやらだんだん調子が出てきたらしい、姫茴さんの表情が自然になってきた。

さっきまでのガチガチに緊張した彼女と比べてはもちろんのこと、学校で「ヒメ」として振る舞う彼女よりも、だ。

おそらくこれが姫茴さん本来の「キャラクター」なのだろう。

「頑張ったなんてもんじゃないのー！　わたしが一体どれだけ努力してここまでフォロワー数を伸ばしたかー！」

「ごめん不勉強で……ちなみにフォロワーが６万人もいると……その、どういうことが起こるの？　俺には全然想像もつかないんだけど」

「！　そうねそうねー！　例えば企業から『ウチのコスメを紹介してください～』ってDMがきたことあるよー！」

「……えっ？　仕事の依頼ってこと？」

「ふふーん、それだけじゃないもーん、ファッションモデルとして雑誌に載ったことだってあるしー、被写体のモデルもやってるしー」

「……本当にすごいねそれは」

「あとねあとねー！　この前駅を歩いてたら知らない女子中学生に『ヒメさんですよね!?　一緒に写真を撮ってくれませんか!?』ってー……」

「──お待たせしました、レアとコーヒーです」

湯気立つコーヒーとレアチーズケーキが俺たちの前に届けられる。純白のケーキの上に敷き詰められたマスカットが、まるで宝石のように眩《まぶ》しかった。

話を遮られた姫茴《ひめうい》さんは、ちょっとだけ不満そうに口を尖《とが》らせていたけれど……

ともあれ、俺はさっそくコーヒーに口をつけた。

「やっぱり美味《おい》しいなあ」

普段は紅茶党だけど、お店で飲むコーヒーもいい。

久しぶりのコーヒーの余韻に浸っている俺の隣で、姫茴さんは真剣な表情でスマホを構え、ぱしゃぱしゃとケーキセットの写真を撮っている。

こういうところも佐藤《さとう》さんと重なるなあ。

唯一違うところは、彼女は俺なんかよりもずっと写真を撮るのがうまいであろう、ってことだけど。

姫茴さんはひとしきり写真を撮ると、両手を合わせ、「いただきます」を唱える。

……これは俺の勘だけど、姫茴さんは育ちが良い気がする。

レアチーズケーキを口へ運ぶ仕草も、どことなく上品だし。

「……あっ、おいしい」

「でしょ」

「悔しいけど、本当にー……うん……」

どのへんに悔しがる要素があったのかは分からないけど、とりあえず気に入ったらしい。

眞壁《まかべ》さんもカウンターの向こうで満足げに微笑《ほほえ》んでいる。

「……押尾《おしお》クンはいつもこういうところに一人で来てるのー？」

「前はね。勉強がてらにこのへんのカフェを巡ってた時期があるんだよ、その時に店主の眞壁さんとも仲良くなって、って感じ」

「勉強？」

「ああ、実家がカフェをやってるんだよ、cafe tutuji、知らない？」

「あー、あそこねー……」

cafe tutujiの名前を聞いた途端、姫茴《ひめうい》さんがふふんと鼻を鳴らした。

さっきは途中で話を遮られたからか、今度はすごく嬉《うれ》しそうだ。

「知ってる知ってるー、行ったことはないけどねー、うーん、でもちょっとファンシーすぎ？ っていうかボタニカルすぎ？ わたしのキャラには合わないなー」

「うん？」

ボタニカル……？

「わたしはもっとこうキラキラ～っとしつつもー？ シティ的でー？ たまにインテリジェンスな一面も垣間《かいま》見えるみたいなー？ なんかそんな感じのイメージだからー、悪いけど今後行く機会はないだろうなー」

「う、う～ん？」

イマイチ姫茴さんが何を言っているのか分からない。

俺の頭が悪いのか……？

「よく分からないけどうちのパンケーキと紅茶も美味《おい》しいし、結構ＳＮＳ映《ば》えするよ」

「違う違う！ 美味しそうとか映えそうっていうのはもちろん大事なことではあるけど！ ミンスタグラマー・ヒメのキャラには合わないって話！」

「……？」

「ああ！　押尾《おしお》クンもミンスタやってるなら知っときなよ！　ミンスタってのはただ綺麗《きれい》なものとか美味《おい》しそうなものの写真をアップすればいいってわけじゃないの！　キャラ付けが大事なんだから！」

「キャラ付け？」

「統・一・感！『こういう写真をアップするってことは、この人はこういう人なんだろうな～』みたいな！　写真そのものじゃなくて、写真を撮ってるわたしをフォロワーに想像させるの！　ミンスタグラマー・ヒメがどういう人間なのかをねー！」

「へえええー、なるほどなあ」

素直に感心してしまった。

フォロワー6万人超えのミンスタグラマーはそんなことまで考えてミンスタに写真をアップしているのか。

「そのためにも、ふふ、わたしも色々と研究したのよねー」

「たとえばどんな？」

「聞きたい？　聞きたいよねー？　ほら見てこれ！　写真によるフォロワー数の伸びと、いいね数のつき方を種別ごとにグラフ作成アプリでまとめて……」

そこまで言ったところで突然、姫茴《ひめうい》さんが言葉を打ち切った。

「？」

どうしたのかと思って見てみると、姫茴さんはなんというか「しまった」とか「やっちゃった」みたいな顔をして、固まっている。

「グラフがどうしたの？」

「いっ……いや、やっぱなんでもない──……」

「えっ」

「──店主さん！　すみませんお手洗いはどこにありますか⁉」

「二階ですよ」

「ありがとうございます！」

言うが早いか、姫茴さんは椅子《いす》から立ち上がって逃げるように階段を駆け上がっていく。

激しく躍るポニーテールを見つめてカウンターのみんなが呆気《あっけ》にとられる中、眞壁《まかべ》さんだけがグラスの水気を拭《ふ》き取りながら「賑《にぎ》やかな子だね」と笑った。

✿

──わたし、姫茴薫《かおる》はオシャレな喫茶店のオシャレなトイレに閉じこもり、一人猛省していた。

やらかした！　やらかした！　やらかした！

「わたしなんで押尾颯太《おしおそうた》にあんな熱く語っちゃったんだろぉぉー……！」

顔から火が出るとはまさにこのことだった。

あああ恥ずかしい恥ずかしい恥ずかしい！

今日までマトモに喋《しゃべ》ったこともなかった押尾颯太に、まさか誰にも見せていなかった素のわたしを出すなんて！

挙句、ミンスタグラマー・ヒメの裏側まで見せてしまいそうに……！

本当に、今日のわたしはどうかしてしまったとしか思えない！

「……というか今思うと押尾クン、写真一枚も撮ってなかったなー……」

ふと、そんなことを思い出す。

わたしが必死でミンスタ用の写真を撮り溜《た》めている横で、押尾クンはすでにコーヒーへ口をつけ始めていた。

それもしっかりと香りを楽しみ、味わうように……

「なんか悔しいー……わたし、写真を撮るためにけっこー勇気振り絞ってきたのに……わたしだけミーハーみたいじゃんー……」

押尾クンだけじゃなく、カウンターに座ってた他のお客さんも、皆純粋にあそこで過ごす時間を楽しんでるっていうか、とにかくそんな感じがした。

そんな彼らをいかにもツウっぽくて、正直カッコいいなと思ってしまった自分もいて……

「いや！　ないないない！　わたしの方がカッコいいし、百倍可愛《かわい》いもん！　フォロワーも6万人いるし！　6万人！　6万人だから！」

わたしは自分に言い聞かせるよう、何度も口に出して繰り返す。

今回はちょーっと出だしが悪かっただけだ！

トイレを出たら巻き返し！

わたしは集中して、自分の中のヒメスイッチがオンになるところをイメージする。

――ヒメスイッチというのは、わたしの中のメンタルを切り替えるための、ある種儀式のようなものだ。

姫茴薫《ひめういかおる》という人間を、わたしの中で作り出したもう一つの人格である「ミンスタグラマー・ヒメ」に切り替える。

ヒメになったわたしはあらゆることに対して積極的になるし、ちょっとやそっとじゃ傷つかない。

そう暗示をかけて……よし、切り替わった。

「6万人のフォロワーがヒメのことを待ってるんだから～……」

声のトーンをワンオクターブ高くして自らを奮い立たせ、トイレから出る。

仕切り直しだ。

そう思って一階へと続く階段を下りようと足を踏み出したところ――

「──颯太《そうた》君はあんな話よく大人しく聴いてられるねえ」

「……！」

階下から女性の声が聞こえてきて、わたしはすんでのところで足を止めた。

察するに、押尾《おしお》クンの三つ隣のカウンター席に一人で座っていたあの女性の声だろう。

わたしは直感的に死角へ身を隠し、聞き耳を立て始める。

「あんな話？」これは押尾クンの声だ。

「ほらあの女の子の、なんていうの……よく分からない自慢話？　みたいなの？　ワタシ笑い堪《こら》えるので必死だったよ」

……ああ、またこのパターンか。

どうもわたしは同性から嫌われる宿命にあるらしい。

ま、もう慣れたことだし気にしないけどー、でも押尾クンの手前鉢合わせしたら面倒だなー。

仕方ない、ひとしきり陰口の終わった頃に下りてゆこう……

そう、思ったのだが、

「いっそ突っ込んでいこうかと思ったもん、ワタシはフォロワー20万人ですけど〜〜？　ってさ」

「……えっ？」

思わず声が漏れてしまう。

……20万？　20万フォロワーと言ったのか？　彼女が？

思考の整理もつかないうちに続いて男性二人の笑い声。

「やめなって、大人げないよマキさん」

「マキさんはプロのコスプレイヤーなんだから、高校生をいじめちゃ可哀想《かわいそう》だよ、ははは」

プロのコスプレイヤー……？

驚きのあまり、もはやわたしは「ヒメ」を保つことすらできなくなっていた。

コスプレイヤー、系統は違えど、自分を表現するという点ではミンスタグラマーと同じだ。

しかし向こうは本物のプロ。

フォロワー数以前の問題で、彼女はそれを職業にしているわけで、ちょっとお金がもらえているぐらいのアマチュアの自分とはそもそも格が違う……

「わたし……そんなすごい人の前で偉そうに……？」

凄《すさ》まじい羞恥《しゅうち》と自己嫌悪が、じわじわと足下から上ってくる。

いや待って、それだけじゃない。

女性の親しげな感じからして押尾クンは以前から彼女と知り合いだったのだろう。

つまり押尾クンも知っていたわけだ。

近くに座る彼女がわたしよりももっとすごい人だと知った上で、わたしの拙《つたな》い自慢話に耳を傾けていたのだ。

彼にとって、わたしという存在はひどく滑稽《こっけい》に映ったことだろう。

「うっ……!」

彼らの笑い声を聞いていると、胸のあたりが気持ち悪くなってくる。

昔、わたしがまだ「ヒメ」になる前のイヤな記憶が、煮立った泡のように自分の奥底からぼごぼごと湧《わ》き上がってくる。

皆からいじめられ、笑われていた、あの日々の記憶が……

たちまち震えが止まらなくなり、今すぐにも逃げ出したいのに階段を下ることができない。

「颯太《そうた》君は昔から優しすぎるんだよね、つまんないならつまんないってガツンと言っちゃいなよ、つけあがっちゃうじゃん」

わたしはぎゅっと自らの肩を抱く。

怖い。押尾《おしお》クンの返答を聞くのが怖い。

どうしてわたしはあんなこと言ってしまったんだ。

恐怖と後悔が頭の中をぐるぐる巡り、なにがなんだかわからなくなる。

でも——

「——つまらなくなんかないですよ?」

まるでそれが当たり前のことであるかのように、押尾颯太はあっけらかんと答えた。

足の震えが、止まる。

「えっ？　い、いやいやいや、別にいい子ぶらなくても……」

「本心ですよ、どんなことだって一生懸命やってる人の話は面白いです。そしてそれを誰かに自慢できるっていうのはそれだけで十分すごいことじゃないですか？」

「うっ……」

押尾クンのまっすぐな言葉を受けて、彼女が言葉に詰まる。

……助けてくれた？

押尾颯太が？　わたしを？

あんなすごい人に、真っ向から意見してまで……？

「それに、マキさんもそういう時期はあったんじゃないですか？」

「ぐっ⁉」

「颯太君正解、昔の自分を見てるみたいで恥ずかしいんだよ、マキちゃんは。確かマキちゃんも昔ここのカウンターであんな風に他のお客さんに自慢してたっけなぁ」

「ま、眞壁《まかべ》さん！　その話やめよ！　ね⁉」

カウンターから再びははは、と笑いが起こる。

今度の笑いは全然嫌な感じがしなかった。

……わたしは何事もなかったかのように階段を下り、席に戻る。

何事もなかったかのように、振る舞っていたつもりだった。

でも……そういう風には見えなかったらしい。

「あ、おかえり姫茴《ひめうい》さん……ん？　どうかしたの？　なんか顔赤くない？」

「べっつにー……？」

「……？　そう？」

ごまかすようにコーヒーへ口をつける。

しかしこのコーヒーが思いのほか苦くて驚いたのが表情に出てしまったのだろう。押尾《おしお》クンに笑われてしまった。

「姫茴さん、ミルクこっちにあるよ」

「あ、ありがとうー……」

微笑《ほほえ》みながら言う彼を見て、わたしの中にある考えがよぎる。

もしかして、押尾クンって……


「じゃあ、そろそろ行きます」

コーヒーとレアチーズケーキを楽しみ、ほんの少し雑談を交えて、一時間ほど潰《つぶ》したわたしたちは押尾君の合図でお店を出ることになった。

帰り際に眞壁《まかべ》さんが、

「また来てね」

と言って笑い、
そしてマキさんがわたしに手を振ってくれた。

そこで初めて彼女の姿をマトモに見たわけだけど、なるほどプロというだけあってすごく綺《き》麗《れい》な女性だった。

……きっと、悪い人ではないんだろう。

今となってはそう思う。

「ありがとうございました、また来ます」

わたしは丁寧にお辞儀をしてお店を後にする。

外はすっかり暗くなっていて、空気も冷たかったけれど、不思議と身体《からだ》は温かかった。

「……なんか今日は、その、色々ありがとうねー」

「え？」

結構勇気を振り絞って言ったんだけど、押尾クンはきょとんとしていた。

そういう鈍感なところはちょっとだけムカつく。

「俺、なんかしたっけ？」

「い、いーじゃん、なんかそういうのは、とにかくありがとうってことー」

「……どういたしまして？」

「それに、色々迷惑かけたと思うしー……」

「迷惑って……そんなことないよ。というかむしろ俺の方が助けられたかも」

「えっ」

助けられた？　押尾《おしお》クンがわたしに？

「どういう意味──……？」

「いやー……全然プライベートなことなんだけど最近ちょっと落ち込むことがあってさー、今日ここにきたのもそれのせいだったんだ」

「落ち込むこと……」

ああ、そういえば押尾クンって佐藤《さとう》こはるにフラれたんだっけ。

あの時は押尾クンのことをモブの一人ぐらいに思っていたから、今の今まですっかり忘れていたけど。

……あれ？

てことは押尾クンって、やっぱり……？

「でもなんか、姫茴《ひめうい》さんと話してたら気がまぎれたよ。ありがとう」

「あっ──」

──その台詞《せりふ》を聞いた瞬間、わたしの中のパズルの最後のピースが「カチリ」とハマった。

これはもう、間違いない。

わたしのことを庇《かば》ってくれたあたりから薄々そうなんじゃないかなーと思っていたけれど

……今のでカンペキに確信した！

押尾颯太《そうた》、彼は——


——わたしのこと、好きなんじゃない？


導き出された一つの解に、全身へ衝撃が走る。

……そうだ。そうに違いない！

そうであれば今までのことに全て説明がつく！

なんかわたしのことよく見てるし！　優しいし！　さっきも庇ってくれたし！

……これ好きでしょ。

好きとしか思えない。

好きじゃないとむしろ辻褄《つじつま》合わないじゃん!?

「俺、帰り道こっちだから、じゃあね姫茴さん。また学校で」

わたしが世紀の大発見に打ち震えている中、押尾クンは——恥ずかしいのか？——そそくさと帰ろうとしている。

そんな彼の後ろ姿を見て、わたしは……

「待って！」

考えるよりも先に、彼を呼び止めていた。

「?」

押尾《おしお》クンがこちらを振り返る。

不思議なもので……

さっきまでなんとも思っていなかったのに、自分に好意が向けられていると認識すると……なんだか途端に気まずくて、押尾クンの顔が直視できない。

「わたし、本当にこんなこと言うのは恥ずかし……じゃなくて癪《しゃく》なんだけど……」

だからこそ、ついこんな話までしてしまうのだろう。

「さ、最近ミンスタのフォロワーが伸び悩んでるんだ、今日この喫茶店にきたのだって、実はテコ入れのためでー……」

今まで誰にも話したことのない、わたしの悩みを。

「わたしにとってのミンスタって、すごく大事なものでー……だから、その、頑張りたいんだけど……喫茶店とかカフェとかって正直、わたし、慣れてなくてー……」

どうしてだろう。

嫌いなクラスメイトたちと話す時は言葉がすらすら浮かんでくるのに……

「だ、だから……よければわたしに、押尾クンのおすすめの喫茶店を教えてくれてもいいよ。どうしてもって言うなら、手伝わせてあげなくも、ないかもー……」

言い終えたあとにちらりと目をやり、鳩《はと》が豆鉄砲を食らったような押尾クンを見て、恥ずかしさが頂点に達した。

う、うわぁ――っ⁉　何言ってるんだわたしは！

慣れないことをしたから自分でもよく分からないことを言っている！

これで「はっ？」なんて聞き返されたりしようもんなら、わたしは――！

「いいよ、それぐらい」

しかしこちらの動揺とは裏腹に、押尾クンが思いのほかさらりと答えるものだから、今度は逆にわたしが豆鉄砲を食らってしまう。

え……？

「い、いいの？」

「喫茶店を教えてほしいんでしょ？　いいよそれぐらい別に、姫茴《ひめうい》さんにとってミンスタグラムは大事なことなんだよね？」

「う、うん、そうだけど……」

「俺なんかでよければ力になるよ、どうせ最近暇になっちゃったしね――アハハ……」

「？」

押尾クンが自嘲《じちょう》っぽく笑う。その笑いの意味は分からないけど……

「協力するってことで、いいんだよね――……？」

「そうだね」

その答えが聞けた瞬間、わたしの心がぱあっと晴れ渡る。

「じゃ、じゃあＭＩＮＥ《マイン》も交換しよー!?　本当に、約束だからねー!?」

「うん、なら俺がコード出すから読み取ってもらって……」

「わかった！」

わたしは大急ぎでＱＲコードを読み取るためのカメラを起動する。

誤解しないでほしいんだけど、わたしはあくまで押尾《おしお》クンから向けられる好意に応《こた》えてあげてるだけだから！　今日のお礼に！　無下にするのも可哀想《かわいそう》だし！

だから決してはしゃいでるわけじゃなくって……！

……そういえばわたし、男の人とＭＩＮＥのＩＤ交換したのって初めてかも。

秋の夕暮れの肌寒さが、今日だけはあまり気にならなかった。

✖

えー、皆さんお久しぶりです。写真部二年の唐花洋一《からはなよういち》です。

……ぼくのこと覚えてる？　覚えてるよね？

ほら、あのＳＳＦの……ツッコミ担当の……

……いや、いいや、とにかく唐花洋一です……

今日は……そうだね、前回三輪《みつわ》アニマルランドで手痛い敗北を喫した我らがSSFの近況について報告しようと思うよ。

まず、桜庭《さくらば》市には〝メルティ〟という名前の純喫茶がある。

ぼくのおばあちゃんが経営するお店なんだけど、まあそれはおいといて、メルティは昭和の雰囲気を色濃く残す古き好《よ》き純喫茶だ。

客層もシニア寄りで、ぼくらみたいな若者はまず近寄らないね。

だからこそ、秘密の集会の場所としてうってつけなんだけど……

「……こ、ここのピラフ……おいしいのに、なんでらっきょうがのってるのかしら……」

ちょっぴり人見知りでSSFの紅一点、小彼郁実《おがのいくみ》さんが不満をこぼす。

「えー？　らっきょう美味《おい》しいじゃん」

「じゃあ唐花にあげるわ……」

小彼さんが器用にらっきょうだけをスプーンですくいあげて、ひょいひょいとぼくの皿へ移してきた。

「いやまぁ、ぼくは好きだからいいけど……美味しいのになぁ……」

おじいちゃんの作るらっきょうは酸味が絶妙で、ピラフのいいアクセントになるのに……

ちなみにぼくが今食べているたまごサンドとは、そんなに合わない。

というか、

「……さっきから気になってたんだけど小彼《おが》さん髪切った？」

「えっ」

小彼さんが、らっきょうの輸出を中断して固まる。

以前までの彼女は重ための前髪で完全に両目が隠れていたはずだが、今は少しだけ目が見える。

あれほど頑《かたく》なに額を出したがらなかったのに、どういう心境の変化だろう。

「えっ、気、気のせいじゃないの？　なにも変わってないけど私……」

小彼さんは毛先を指でつまんでくりくりやりながら、あからさまに挙動不審だ。あとほんのり頬《ほお》が赤い。

……ま、なんとなく理由は予想がつくし、いっか。

それよりも——

「仁賀《にが》君、いい加減食べないと冷めちゃうよ」

メルティ自慢の厚切りベーコンをふんだんに使った真っ赤なナポリタンは、今や湯気も立っていない。

それというのも——そこで完全にしおれ切っている我らがリーダー仁賀隆人《りゆうと》君が、料理に一切口をつけないままテーブルに突っ伏しているせいだ。

「唐花《からはな》……ボクは生きる希望を失った……」

……まーた始まった。

動物園での一件以来、仁賀君はずっとこの調子だ。

ぼくは指でつまんだらっきょうを口の中へ放り込んで、少しげんなりする。

「女神はもういない……無明を照らす塩対応のジャンヌ・ダルクは……凡愚どもの知性なき業火に焼かれ、灰となりて……失墜し……我ら信徒もまた標《しるべ》をなくし……」

「ごめん、小彼さん通訳お願い」

「さ、佐藤《さとう》さんが塩対応じゃなくなってSSFのみんなは悲しいってことよ……」

「みんな？」

ぼくと小彼さんが顔を見合わせる。

「……別に、ぼくはそもそも佐藤さんが素敵だな～と思って軽い気持ちでファンクラブに入っただけだから、佐藤さんが塩対応じゃなくたっていいし……」

「に、人間は変わるものだと思うわ。それも受け入れてこそよね……」

「へええ、小彼さんも変わったね～」

「やっぱり人っていろんな面があるわけだから、一つの面だけ見て判断しちゃだめよね……押尾《おしお》くん……嫌ってた人でも、よく知ってみたら意外と優しかったり、かっこよかったり……」

……そして分かりやすいね、小彼さんは。

まあ、ともかく。

「そんなわけでぼくたち別に悲しくないよ、標《しるべ》？　も失ってないし」

「……では、何故《なぜ》キミたちはまだボクについてくる？」

仁賀《にが》君がそこで初めて顔をあげて、語り出した。

不遜《ふそん》で傲慢《ごうまん》で、ぶっちゃけ言ってナルシストな彼にしては珍しく、ひどく弱った口調で。

「最近、ボクは……もしかしたら少し、本当に少し間違っていたのかもしれないと、そう思わなくも、ない……ＳＳＦなんて作らなければよかったのではないか？　と……」

仁賀君は改めてぼくたちに問いかける。

「それなのに何故、キミたちは残ってくれるんだ？」

「何故、って……」

ぼくと小彼《おがの》さんは互いに顔を見合わせて、目をぱちくりさせる。

ぼくたちがこの質問にある種の衝撃を受けていたのは言うまでもない。

どうして仁賀君は今更こんな分かり切ったことを聞くのだろうと。

だからこそ、ぼくと小彼さんは声を揃《そろ》えて答える。

「――友だちだからでしょ」

こんなにも当たり前のことなのに、どうしてか仁賀君は驚いていたようだけれど。

「そりゃあ仁賀君のやってたことはたぶん……というか十中八九間違ってたと思うけど」

「ま、間違ってたっていうなら、仁賀のところに集まった私たちだって間違ってたわけだし」

「それに、ちょっと楽しかったのだってホントだしね。……ぼくは随分とひどい目にもあわされた気がするけど、それでもさ」

「そ、そもそも間違いにだって付き合うのが、友だちでしょ……？」

仁賀君は本当になんというか、灯台下暗しを地でいく人間だ。

ヘンな蘊蓄《うんちく》だったり、難しい言い回しだったりには詳しいくせに、こんな当たり前のことは口に出して言わないと分からないのだから。

「キミたち……」

……ま、なんにせよこれで仁賀君も少しは元気になってくれるかな？

なんて一件落着ムードが流れ出したのとほぼ同時、メルティのドアが開き、入り口のベルが鳴った。

おや？　この時間からお客さんなんて珍しいな、と三人同時に振り返り——そして三人同時に「ヤバい！」と顔を隠した。

何故かって？

「す、すみません……一人なんですけど……」

——入店してきたのがあの佐藤《さとう》さんだったからに決まっている!!

「(なっ、何故佐藤さんがメルティに!?)」

「(知らないよ!?)」

「(ほ、ホントに一人みたい……押尾颯太《おしおそうた》の姿はないわ……!)」

「(どうして一人なんだ!?)」

「(知らないよ!?)」

「(と、とりあえず気付かれて面倒なことになる前に逃げた方がいいんじゃない……!?)」

「(……あっ、ダメだ！　入り口のすぐそばに座られてしまった!!)」

「(終わりだ！)」

さっきまでのほんわかした雰囲気はどこへやら、ぼくたちは円陣を組んだままパニック状態に陥り、そして佐藤《さとう》さんは、

「え、えーーと、このメロンフロート？　ください」

普通に注文をしていた。

20:00 95%

〈 姫茴薫

姫茴薫

これ、押尾颯太クンのＭＩＮＥで合ってるよね？

分かってると思うけど姫茴薫です。


ＭＩＮＥ交換しといて一回もメッセージ送らないのも逆にヘンかなーと思ってメッセージ送りました。

一応、今日はお店で色々と教えてもらったし、わたしそういうのは学生のうちからでもきちんとしておかないとよくなくない？　と思うので。

もっと言うと、別れてすぐにメッセージ送るのが礼儀かなーと思ったんだけど、ほらわたしミンスタの更新とか、夜ごはんとか、お風呂とか、色々終わらせてから連絡した方がいいかなーと思って、こんな時間になりました。

分かってると思うけど、別にメッセージの内容に迷ってたから遅くなったとかそういうのじゃないからね。

わたし、そんなにメッセージの内容とかで迷うタイプじゃないからさ。


そうそう、一応報告なんだけど今日ミンスタにアップした眞壁珈琲店の写真ね。

わたしの思った通りウケがよくって、特にあのＭＥＧＵちゃんからコメントきた時はさすがのわたしも「勝ったな」と思ったね。だってＭＥＧＵちゃんは、

♠

「……姫苗《ひめうい》さんってずいぶんしっかりメッセージを書くんだなぁ……」

スマホの画面に収まりきらないほどの長文メッセージというのを生まれて初めて見たので、思わず感嘆の声をあげてしまった。

午後8時過ぎのことである。

「どう返信しようかな……」

それまでベッドに寝転がってスマホを眺めていた俺は、起き上がって勉強机に着席した。

これだけの長文、気合いを入れて返信しよう……

ええと……まずは宛名《あてな》？

それから自分の名前を名乗って、お世話になっております……と。

姿勢を正して、一文字ずつ丁寧に文字を打ち込んでいると……ぽこんと通知が鳴った。

〝佐藤《さとう》こはるさんが　写真を投稿しました〟

「……佐藤さん？」

どうやら佐藤さんがミンスタへ写真を投稿したらしい。ずいぶんと久しぶりだ。

俺の記憶が正しければ、夏休みの投稿が最後だった気がするけど。

「なに投稿したんだろ」

通知をタップ、そのままミンスタのページへ飛ぶ。

画面に映し出されたのは、どこかの喫茶店？　そしてこれはソーダフロートか？

店内が暗くフラッシュを焚《た》いたのだろう。いかんせん画面がぼやけていてよく分からない。

ある種味のある写真にはなっているけれど……佐藤さんの撮影技術は相変わらずだ。

「にしても佐藤さん喫茶店のチョイス渋いなー……ってあれ？」

そういえば佐藤さん「今日は用事がある」って言ってたよな？

用事ってもしかしてこれ？

一人で喫茶店に行ってソーダフロートを注文すること？

……いやいやいや。

一人で落ち着いて喫茶店に行きたい日ぐらいあるだろ、誰だって。

「変なことを考えるなよ押尾颯太《おしおそうた》――……」

なんて自分に言い聞かせつつ、もやもやした気分で写真を見つめる。

すると……

「……は？」

それを見つけた時、思わず声をあげてしまった。自分でも驚くぐらい低い声だった。

写真の隅には……間違いない、後ろ姿でも分かる。

ＳＳＦの三人が、しっかりと写り込んでいた。

二枚目　喫茶〝菖蒲〟

ぼくたちＳＳＦメンバーは基本的に教室では他人のフリをしている。

これはぼくたちＳＳＦの存在が露見しないようにとクラブの創設以来徹底されていたことではあるけれど……

今となっては、あまり意味のないことだ。

だから最近は三人で一緒に下校するぐらいのことは普通にやるわけで、今日も放課後の廊下を歩きながら駄弁《だべ》っている。

先頭はいつも通り仁賀《にが》君だ。

「唐花《からはな》よ、メルティはアルバイトを雇ったりしないのか？　特に女の子とか」

「また唐突だなぁ、なんでさ？」

「足しげく通っているのに会えるのがしみったれた婆《ばあ》さんだけでは味気ないじゃないか」

「うぉい!?　ぼくのおばあちゃん馬鹿《ばか》にしてるだろそれ！」

「週三、四で通っているんだぞ？　可愛《かわい》いアルバイトちゃんがいれば必然的にラブコメが起こる回数だ。勿体《もったい》ないことだと常々思っていた」

「仁賀《にが》君いっつもそんなこと考えてたのかよ。結構引くんだけど……どう思う小彼《おがの》さん？」

「レトロな喫茶店でアルバイトする押尾《おしお》君が、ある日私にそっと連絡先を……ふへへ」

「同類だった……」

「まぁ客といっても俺たちしかいないからバイトなんて雇うはずもないか……」

「うぉい!!　また悪口!!」

……とまぁ、そんな感じでとりとめもない雑談に花を咲かせていたら……

「む」

「わっ」

廊下の真ん中で仁賀君がおもむろに立ち止まり、その後に続くぼくたちも自然に足を止める形になる。

あんまり急だったから前につんのめってしまった。

「危ないなぁ、どうしたのさいきなり……」

ぼくは仁賀君に文句を言いながら前方を見やって——仁賀君の立ち止まった理由を知る。

ぼくたちの因縁の相手が、ひどく爽《さわ》やかな笑顔で仁賀君の前に立ちはだかっていたのだ。

「お、押尾君……？」

初めに断っておこう。

重ねて言うが、押尾颯太《そうた》は微笑《ほほえ》んでいた。それも爽やかにだ。

でも、ぼくたちは動くことはおろか声を発することすらできなかった。

「れ、連絡先渡されるのかしら……」

小彼さんだけなんかありえない独り言をつぶやいていたけれど、それは置いておいて。

少なくともぼくと仁賀君は固まってしまっていた。

蛇に睨《にら》まれた蛙《かえる》というか、なんというか……

何度も言うが、押尾君は爽やかに微笑んでいたんだ。

でも——

「——ちょっとだけ時間、あるかな？」

どうしてだろう、彼が今までで一番怒っていることだけは分かった。


場所は変わって別館・理科準備室。

先の桜華祭《おうかさい》でSSFが拉致《らち》した押尾君を一時的に監禁した、因縁の場所だ。

……もっとも今や立場は逆転。

ぼくたち三人は冷たい床に正座をして、椅子《いす》に座った押尾君から見下ろされている。

ちなみに押尾君からそうしろと言われたわけではない。ぼくたちが自主的にそうしたのだ。

自然とそうしてしまうぐらい、なんだか押尾君の笑顔が怖かった。

「君たちはいったい、どういうつもりなんだ?」

押尾《おしお》君は言葉遣いこそ丁寧だが、そこに怒気が乗っているのは明らかだ。

ちなみに小彼《おがの》さんはさっきからそわそわと前髪をいじっており、どうにもアテにならなそうなので、この質問にはぼくが答える。

「どういうつもりと、おっしゃいますと……?」

「……俺が嫌がらせされる分には、別にいいんだ。俺が我慢すればいいだけだから。塩をかけられるのも、拉致《らち》監禁されるのも、二階から頭めがけて岩塩落とされるのも」

いいんだ……

というツッコミが喉《のど》まで出かけてしまったが、口は禍《わざわい》の元。ぼくはきゅっと口を縛る。

「でも佐藤《さとう》さんに危害を加えるようなことがあれば、俺も何するか分かんない」

「危害……?」

これはいったい、なんの話だろう?

よく分からない。よく分からないけど、嫌な予感だけはビンビンに感じる。

そんなぼくたちの反応にしびれを切らしたのかもしれない。

「これ」

押尾君はスマホを操作して、ある〝ページ〟をぼくたちに提示してきた。

「……?」

三人そろって、押尾《おしお》君のスマホを覗《のぞ》き込む。

そこに表示されていたのはミンスタグラムのページ。それも佐藤《さとう》さんの最新の投稿だった。

どうやら昨日メルティで佐藤さんが注文していたソーダフロートの写真みたいだけど……

バックにしっかりと写り込んでしまっている。

奥のテーブルでこそこそと顔を隠す、ぼくたち三人の姿が……

「「「あっ」」」

ようやく自分たちの置かれた危機的状況を正しく理解した。

――押尾君は、ぼくたちがまた佐藤さんをストーキングしていたのだと勘違いしている！

「ちっ……違うんだ押尾君っ!?」

昨日は奇跡的にやり過ごせてほっとしていたけれど、これだったらあの場で佐藤さんにバレていた方が幾分かマシだったかもしれない！

なんにせよこの勘違いはあまりにヤバすぎる！

「こ、これはただ偶然っ、そう！　偶然佐藤さんがあとからお店にきただけで！」

「ふーん」

「こ、これは決してぼくたちが今も佐藤さんをつけ回してるとかそういうわけじゃなくてっ！

というかここぼくのおばあちゃんがやってる喫茶店だから、いつも溜《た》まり場にしてて……！」

「ふーん」

だ、ダメだ！　一ミリも信じてない！

そりゃそうだよ！

状況的に完全にクロだし、ぼくら前科がエグイもん！

「動物園の件で懲《こ》りてくれたと思ってたよ、今回ばかりはちょっと、許せないかな」

こ、怖いっ！　怖すぎる！　何されるのぼくたち⁉

もはや押尾君に滅多打ちにされるしかないのかと半ば諦《あきら》め始めた、そんな時だった。

「――ＳＳＦは、解散した」

ぼくも、小彼《おがの》さんも、押尾君でさえも面食らっていた。

何故《なぜ》ならその衝撃的なセリフは――他でもない、ＳＳＦの創設者にしてリーダー、仁賀《にが》隆《りゅう》人《と》君の発したものだったからだ。

「に、仁賀君……？」

仁賀君の表情を窺《うかが》う。

冗談やその場しのぎではない。彼は、真剣そのものだった。

「……ボクは今まで佐藤さんは塩対応であるからこそ、他者を寄せ付けず孤高であるからこそ至高だと信じていた。そして彼女を普通の女子高生にするなんて、この世で最も愚かしい行為に思えていた」

しんと静まり返った理科準備室で、仁賀君がぽつぽつと言葉を紡いでいく。

「だが……認めざるを得ない。たとえどれだけ愚かしい行為であろうと、佐藤《さとう》こはるがそれを望んでいるのだ。それこそが彼女の幸福だったのだ」

いつもの大仰で芝居がかった彼はいない。

言ってることはメチャクチャだけど、その言葉には不思議と誠実さがあった。

「——だから、SSFは解散だ。誓ってもうキミたちの邪魔をするつもりはない。信じられないかもしれないが、この写真もさっき唐花《からはな》が言ったようにただの偶然なんだ。今まですまなかった」

「ウソ……？」

あ、謝った……？

プライドの塊の仁賀《にが》君が、他でもない押尾颯太《おしおそうた》に……？

この時のぼくと小彼《おがの》さんの驚きようときたらもう、言葉にできるはずもない。

「…………」

押尾君はしばらくの間無言だった。

……いったいどれぐらい経《た》ったのだろう。

押尾君がやおら頰《ほお》を搔《か》く。

その表情は心なしか恥ずかしそうで……

「……疑ったのは、ごめん。どうも本当に俺の勘違いみたいだ。それに君たちは歪《ゆが》んでても佐藤さんを好いてくれていたわけだし、今までの件については……まあ、水に流すよ」

――歴史的瞬間だった。

あの押尾颯太とSSFが、和解するなんて。


「……ところでひとつ聞きたいんだけど」

決して交わることはないと思われた両者の間に平和の架け橋がかけられた、その感動の余韻もそこそこに、押尾君が口を開いた。

「その……メルティ、だっけ？　佐藤さんは一人でその喫茶店に？」

ぼくたち三人（今は椅子《いす》に座らせていただいている）は、互いに顔を見合わせる。

「一人……だったよね？」

「ま、間違いなく一人だったわ、ずっと見てたもの……」

「こちらには気付かなかったようだが……普通に注文をして、何枚か写真を撮ったあと食事を終えて出て行った。それだけだ」

「そ、そうなんだ、ふーん……」

押尾君がいかにも気にしてませんよという風に言って、ほっと胸を撫《な》でおろした。

「聞いていいのかどうか分からないんだけど……どうして押尾君は佐藤さんと一緒じゃなかったんだい？」

「うっ」

今度はあからさまに痛いところを突かれた顔をしている。

押尾《おしお》君もたいがい分かりやすいなぁ……

彼はしばらく頭を捻《ひね》っていたけれど、やがて観念したように溜息《ためいき》を一つ吐き出した。

「……実は最近、その……佐藤《さとう》さんに、避けられてて……」

「ウッソ!?」

「なんだと!?」

「やった！」

最後に一人だけ変なリアクションの人がいたけど、それはともかく！

「避けられてるって、君が!?　あの佐藤さんに!?」

「う、うん……」

「押尾颯太《そうた》！　まさか佐藤さんを傷つけるような真似《まね》を……！」

「してない！　……とは思うけど」

「岩塩で殴れば思い出すか？」

「コラっ！　仁賀《にが》君！」

せっかくかかった平和の架け橋をすぐに落とそうとするな！

ぼくが必死で仁賀君を制する一方、押尾君は物憂《ものう》げに溜息を吐《つ》いた。

「いや……理由はなんとなく分かってるんだよ。それに嫌われたわけじゃないってのも分かってる。ただ……」

「ただ？」

「……不安なんだ。こうして距離をとっていると、嫌いにならなかったとしても、いつか好きじゃなくなるかもしれない。それとも、もうとっくに好きじゃなくなってるんじゃないか……なんて」

胸に迫るような切実な訴えだった。

……どうやら深刻に悩んでるみたいだな押尾君。

うーん、仁賀君とか小彼《おがの》さんに何か有用なアドバイスができるとも思えないし。

しょうがない。ぼくもこういうのあんまり経験ないけど……

「えーと、まず現時点で佐藤さんが押尾君のことを嫌いってことはないと思うよ」

「なんでよ！　そんなの分かんないでしょ！」

「小彼さん頼むから話をややこしくするのやめて～……」

あと襟首《えりくび》摑《つか》んで揺さぶるのもやめて……苦しい……

「お、思い出してみなよ押尾君、今まで佐藤さんが君と距離を取っていた時、佐藤さんは何をしていた？」

「距離を取っていた時……？」

押尾《おしお》君が記憶を遡《さかのぼ》り始める。

ちなみにぼくたちSSFメンバーはストーキング……

もとい入念な調査の結果、今までの佐藤《さとう》さんに関する情報は全て網羅している。

二人がカフェで再会した時のことも、海へ行ったことも、バイトをしたことも、お祭りへ行ったことも……

そしてここでいう「距離を取っていた時」というのは、

「……バイトの時と、桜華祭《おうかさい》の時？」

「そう、その時の佐藤さんは、何してた？」

「バイトの時は……誕生日プレゼントを買うために俺に内緒でお金を貯《た》めてて、桜華祭では演劇部のメンバーと友だちになろうと頑張ってた」

そこまで分かれば、もう答えは見えたようなものだ。

「そう、佐藤さんが君と距離を取るのは、自分一人の力で何かやらなきゃいけないことがある時だ」

「……！」

押尾君はそんなこと全く盲点だったとでもいうように、大きな衝撃を受けていた。

こんなに簡単なことでも、好きな人のこととなると案外見えなくなるものなんだなぁ。

それはちょっとだけ、羨《うらや》ましいと思う。

「いいかい？　佐藤さんが君のことを嫌いになるはずがないっていうのは、君たち二人をずっと近くで見てきたぼくたち元SSFが保証する。そうじゃなきゃ、あんな派手な嫌がらせしたりしないさ。そうでもしないとこの二人は離れそうにないって思ったからこそ、あんな馬鹿《ばか》な妨害工作をやったんだ」

「唐花《からはな》君……」

「となれば、佐藤さんが押尾君から離れているのにはちゃんと理由がある。佐藤さんがその理由を話さないんだとすれば、それはきっと押尾君に知られると意味のないことだからだ。シンプルな話じゃないか」

「な、なるほど……」

押尾君がぼくの言葉をゆっくり嚙《か》み締めるように、何度も小さく頷《うなず》いている。

さっきまでの思いつめた様子はひとまずなくなった。

「唐花、キミすごいな」

「は、初めてすごいと思ったわ……」

「初めてですか……」

ぼくSSFでもそこそこ体張ってた方だと思うんだけど……そっか初めてか……

友だちの何気ない一言で人知れず落ち込んじゃったけれど、それはともかく、

「まあ何が言いたいのかっていうと、もう少し佐藤さんと、今まで積み重ねてきた佐藤さんと

の関係を信頼して待ってあげてもいいんじゃない？　ってコトさ」

結局、ぼくの言いたいことはそれに尽きるのだ。

佐藤《さとう》さんに距離を取られたショックと不安感で、押尾《おしお》君はそんな当たり前のことを一時的に忘れてしまっていた。逆に言えば、今回の問題はただのそれだけなのだ。

だからそれさえ思い出せれば、

「そう……だね、ありがとう唐花《からはな》君、気が楽になったよ」

悩みは解決、というわけ。

慣れない恋愛相談を終え、やっと肩の力が抜けた。

はぁー緊張した。

今までSSFがやってきたことを考えればこんなの全然なんにもならないけれど、押尾君へのせめてもの罪滅ぼしということにさせてもらおう。

でもまあ、

「――それにしたって、佐藤さんはちょっと君を信頼しすぎな気もするけどね～」

「？　どういうこと？」

ぼくの冗談交じりの一言に、押尾君が本気で不思議そうに問い返してくる。

恋をすると周りが見えなくなるってホントなんだなぁ。

「だってさー、言っても二人はまだ付き合って半年なわけじゃん。不安定な時期だよ。それなのにどんな理由であれ距離を取るなんて悠長だな〜と思って」

「そ、そうかな？」

「そうだよ。逆に押尾君なら自分から佐藤さんと距離を取るなんて死んでもしないだろ？　その隙《すき》に誰かに取られちゃうかもしれないんだから」

「それはそうかもしれないけど……」

「押尾君はカッコいいから放っておいたら言い寄ってくる女の子の一人や二人いると思うよ、そう思ったら、普通距離なんか取らないと思うなぁ」

ぼくの隣で小彼《おがの》さんが「ホントそれ」と言いながら一人うんうんと頷《うなず》いている。

……たとえばこの子とかね。

「いや！　佐藤さんはともかく俺はモテないよ！　比べようがないって！」

「卑屈だなぁ」

「ちなみにボクの方がモテる」

「傲慢《ごうまん》だなぁ」

押尾君の謙虚さの一方で仁賀《にが》君の自信はいったいどこから湧《わ》いてくるんだろう？

なんてことを考えていると――

突然、理科準備室の引き戸が勢いよく開け放たれた。

「えっ？」

初めは先生に見つかったのかと思って身構えてしまったけど……違う。

引き戸の向こうに立っていたのは、一人の女子だった。

「や、やっと見つけた！　押尾颯太《おしおそうた》！」

「……姫茴《ひめうい》さん？」

姫茴　薫《かおる》？

全く予想外の人物の登場に、ぼくたちはすっかり呆気《あっけ》にとられてしまった。

姫茴薫、名前は知っているけど、絡んだことはない。

どうやら押尾君に用があるみたいだけど、この二人に交友があったなんて今初めて知った。

「えっ？　姫茴さんどうしたのこんなところまで……」

名前を呼ばれた押尾君自身も面食らっているようだ。

すると姫茴さんはぼくたちには目もくれず、一直線に押尾君へと詰め寄っていって……

「どしたのー？　じゃないよ!!　昨日わたしのＭＩＮＥ《マイン》既読無視したでしょ！」

「……………あっ!?」

何か心当たりがあるらしい、押尾君が慌てて弁解を始める。

「ご、ごめん！　昨日、ちょうどメッセージを読んでる途中に色々ゴタゴタがあって、そのまま返信忘れちゃって……！」

「……せっかく、わたしからメッセージ送ってあげたのに……」

姫茴さんの目尻《めじり》にじわりと涙が滲《にじ》んだ。

これには傍《はた》から見ていただけのぼくたちもぎょっとさせられたが、押尾君はもっとだろう。すごい慌てようだった。

「ごっ、ごめんごめんごめんごめんごめん!?　ホント――――にごめん!!」

「ぐすっ……じゃ、じゃあこのあと何か用事ある……？」

「な、ないけどそれが!?」

「――じゃあまた喫茶店ついてきてくれるよね!?」

「えっ」

再びぎょっとする。さっきまで泣き出す寸前に見えた姫茴さんが一転、太陽のように晴れやかな笑顔で押尾君に迫っていた。

「いや、そのっ」

「じゃあ早くいこー！　わたし目をつけてる喫茶店があってね……！」

「待っ……！」

まさに有無を言わさず。

突如現れた姫茴さんは、押尾君の腕を引っ張って、それこそ竜巻みたいに理科準備室から飛び出していってしまった。

……ぼくたちはいったい何を見せられたんだろう……

取り残されたぼくたち元ＳＳＦは、ぽかんと呆《ほう》ける他なく、

「な、なによあの女……！」

静寂に包まれた理科準備室で、小彼《おがの》さんの悔しげな歯ぎしりの音がいやに響いた。

♠

桜庭《さくらば》市の外れにある閑静な住宅街。

いかにも歴史を感じさせる古い建屋が並ぶありふれた風景の中に、そのカフェはひっそりと佇《たたず》んでいた。

飾り気のないコンクリートの壁に「菖蒲《しょうぶ》」とだけ書かれた表札が下がっている。偶然通りかかった人が見ても、ここが喫茶店とは分からないはずだ。

しかし玄関の木扉を開け、二階へ上がると、たちまち眼前には非日常の空間が広がる。

ダークブラウンで統一された店内は、照明も、ＢＧＭのジャズも控えめであり、シックで大人な雰囲気が漂っている。

食器や器具のひとつひとつも、無骨な、昔ながらのものだけで揃《そろ》えられており、決して主張しすぎずに調和していた。

――喫茶〝菖蒲〟。

桜庭市のコーヒーの名店のひとつである。

「お待たせしました、ブレンドです」

店の雰囲気と同じくもの静かな店主が、カウンターに座る俺と姫茴《ひめうい》さんにコーヒーを運んできた。自家製のチョコレートも二かけら添えてある。

姫茴さんはすかさずミンスタ用の写真を何枚か撮ったのち、両手を合わせて小さく「いただきます」を唱えた。

写真を撮るところも含めて一連の儀式に見えるぐらい、自然な所作だった。

「このコーヒーおいしい……！」

コーヒーを一口含むなり、たちまち姫茴さんの表情が明るくなる。

よかった、とりあえず機嫌は直ったみたいだ……

「ここ、コーヒー好きの間ではけっこう有名なんだよ。美味《おい》しいよね、コーヒー」

なんて言いながら俺もコーヒーに口をつける。

軽やかな酸味と、華やかな後味が鼻を抜けて心地いい。

自家製のチョコレートも少しかじると、口の中でコーヒーの深いコクと混じり合って、思わず溜息《ためいき》が出た。

そんな風に余韻に浸っていると、ふと隣に座る姫茴さんがこちらを見ていることに気付く。

「どうしたの姫茴さん？」

「……押尾《おしお》クンって、誰かと一緒にここにきたの、もしかして初めて？」

「うーん……そうだね、昔は一人でたまに来てたけど」

佐藤《さとう》さんはコーヒー飲めないし、蓮《れん》はそもそもカフェ巡りとか興味ないし。

「誰かとくるのは初めてかも」

「そうなんだー、わたしが初めてなんだー、ふふ」

「？」

姫茴《ひめうい》さんがなんだか嬉《うれ》しそうに笑っているけれど、よく分からない。

「そういえば姫茴さん、ミンスタの調子どう？」

「わたしの読み通り！　昨日の投稿は結構な反響があったねー！　ヒメの大人びた一面にテイーンもソンケーってかんじ？　このままいけば10万フォロワーも夢じゃない！」

10万フォロワー……

cafe tutujiの公式アカウントで毎日コツコツ写真を投稿して、やっとのこと５０００フォロワー集めた自分にとっては、雲の上の話だ。

「すごいなぁ、姫茴さんは」

「え？　すごい？　フツーじゃないと思う？」

「すごいと思うよ、本当に」

「へっへー」

姫茴さんは心の底から嬉しそうだ。

6万人のフォロワーが彼女という人間を賞賛して、それでもまだ自分の評価に不安を持つものなのだろうか？

やはり雲の上すぎて、自分には分からなかった。

「……ねー押尾クン。自分語りウザイって思われちゃうかもしんないけど、わたしがどうしてこんなにミンスタにこだわるか話してもいい？」

「思わないし、聞くよ」

これは本心から気になった。

現役女子高生にして6万人のフォロワーを抱える「ヒメ」が、いったいどういった成り立ちで生まれたのか。

「……ありがとう」

姫茴さんはなにに対してか小さく一つお礼を言うと、どこか遠い目で語り始めた。

「……わたし、小さい頃すっごい病弱でさー、学校も休みがちだったんだー。

そのせいで激しい運動はできないし、みんなの話題についてけないし、しまいにはクラスのみんなからはズル休みなんてあだ名までつけられちゃってさー。

いっぱいいじめられたし、ひどいことも言われた……あの頃のことは本当にもう思い出したくない。

でもいいこともあったんだよ。

——今でも覚えてる、中一の冬のこと。

インフルエンザにかかって一週間の登校停止になった。

熱自体は二～三日で下がるわけだから暇を持て余しちゃって、家で一人やることもなくスマホをいじっていた時……わたしはミンスタグラムを見つけたの。

そこには、わたしの知らない世界があった。

クラスのみんながどういうテレビを見てるとか、誰が誰を好きになったとか、次の席替えではどこに座りたいとか——

そんなフツーのことがどうでもよくなるぐらい大きな、広い世界が広がってた。

インフルエンザとは違う、もっともっと熱い熱が、自分の中に湧《わ》いてくるのを感じたの。

ベッドの中で熱に浮かされながら、夢中で見たよ。

いろんな人の投稿を。

何百枚も、何千枚も。

時間はたっぷりあったから。

そんなことを続けていたら……不思議なことにね。写真を見るだけで、その人が見えるようになった」

「……見える？」

黙って話を聴くつもりだったんだけれど、思わず口を挟んでしまった。

姫茴《ひめうい》さんは特に気を悪くしたような様子はなく、こくりと頷《うなず》く。

「うん、見えるの。これは自慢なんだけどわたし、SNSに上がってる写真を見ればその人がどういう人間か大体当てられるよ。試してみる？」

「本当に……？」

もちろんSNSに上がっている写真を見れば、ある程度はその人の人となりが推測できるだろうけど、でもこれだけ自信満々に言われると気になってくるもので……

俺はふと思いつき、自らのスマホでとある人物のミンスタを開いた。

「これ、分かる？」

「ちょっと待ってね」

姫茴さんは慣れた手つきで画面をスワイプする。

俺にはとりあえず投稿された写真をひととおり流し見しただけにしか見えなかったけど……

「――う――ん、この人はアパレルの店員さんかなー？　お酒が好きだけど、それほど強くはないと見た。お酒での失敗も多そう。自由奔放で隙《すき》の多いタイプだね、でも意外と寂しがり屋で男を振り回すタイプでもあると思う。液晶がバキバキに割れたスマホ使ってそー」

「マジ……？」

あまりにもすごすぎて言葉を失ってしまった。

ちなみに俺が見せたのは蓮《れん》の姉にしてアパレルＪＤコンビの片割れ、三園雫《みそのしずく》さんのミンスタグラムだ。

性格診断についてはともかく……確かに雫さんはアパレル店員であり、以前三輪《みつわ》アニマルランドでバキバキにしてしまったスマホを今も使い続けている。

風景とか食べ物とか大学の友人との集合写真とかを見ただけでなんでそんなことまで分かるんだ……？　エスパー……？

「まー、わたしの特技はともかく、そんぐらいミンスタにハマっちゃったってことー。そしてあとはお決まりの流れ、見てるだけじゃ物足りなくなって」

「自分もミンスタグラマーに？」

姫茴《ひめうい》さんがはにかむ。

「フツーすぎる理由でしょ。でもわたしにとってはそれが人生の転機だったの。最初はそりゃひどいもんだったけど、続けるうちにだんだんコツがわかってきて、ちょっとずつフォロワーも増えていってさー……」

ここで姫茴さんは言葉を区切る。

「……初めて、誰かに認められた」

そう語る彼女の横顔は……微笑《ほほえ》んでいた。

ヒメのものとも違う、普段の姫茴さんのものとも違う、まるでかつての自分を慈しむような優しい笑顔。それは今までに彼女の作ってきたどんな笑顔よりも魅力的だった。

でも俺の視線に気がつくと、彼女はごまかすように自嘲《じちょう》する。

「あっ……アハハ、あ、やっぱー、何語ってんだろわたし、顔アツくなってきちゃったー。たかがSNSでこんなマジになっちゃってイタいなーって思ってるでしょー……」

「思うわけないじゃん」

その言葉は、その言葉だけは、力強く否定した。

姫茴さんが驚いたようにこちらを見る。俺は正面から彼女の目をまっすぐ見据えて言った。

「思うわけない、だからそういう風に笑っちゃダメだよ」

「押尾《おしお》クン……？」

——俺やあなたじゃない、こはるさん自身が望んでいるんです。たとえそれが客観的に見て非合理的なことであろうと、彼女はそういう成長の仕方を選びたがっているんです——

……かつて、和玄《かずはる》さんにそんなことを言った記憶がある。

他人の言葉や評価は、究極的に言ってしまえば意味がない。

なによりも重要なのは本人が自らの意志で選択すること。

——しかし裏を返せばこれは、本人だけは自らの選択と意志に責任を持たなければならないということだ。

「周りがなんと言おうと、君は本気だったんだ。いや、本気だったのは姫茴さんだけなんだ。

だろう。

だから君だけは君を笑っちゃダメだよ」

……どうも俺は姫茴《ひめうい》さんと佐藤《さとう》さんを重ねてしまう節《ふし》がある。

そのせいで、まだほとんど初対面であるにもかかわらず、つい言葉に熱がこもってしまうのだろう。

突然はっと我に返った。

「あっ、ご、ごめん、なんか偉そうに語っちゃった！　忘れていいから！」

恐る恐る彼女の表情を覗《のぞ》き見る。

姫茴さんは……笑っていた。

さっきまでの卑屈な笑みではない、安らかな笑みだった。

「ううん……ありがとう、押尾《おしお》クン……」

……どうやらいらない心配だったみたいだ。

空になったコーヒーカップをソーサーへ置く。

さて、キリもいいから俺はそろそろ退散することとしよう。

「既読無視しちゃったお詫《わ》びに、ここは俺が払うよ」

俺は伝票を握りしめ、ゆっくりと席を立つ。

最初はどうなることかと思ったけど、結果的には来てよかった。

たぶんこういう機会でもなければ姫茴さんについて知ることなんて、なかっただろうから。

ただ——朴念仁の俺でも、あんまりこの状況が良くないのは分かる。

昨日は偶然喫茶店で出会っただけだからまだしも、今日は明確に目的をもって二人で喫茶店にきてしまっている。

姫茴さんは俺なんかのこと微塵《みじん》も意識していないだろうけど、どんな理由でも、佐藤さんの立場ならいい気分はしないだろう。

……ただでさえ凛香《りんか》ちゃんとお化け屋敷に入った前科もあることだし。

だったら俺にできるのは、さっさと退散することだ。

「じゃあまた明日、学校でね」

お決まりの文句を口にして、レジへ向かおうとする。

……が、おもむろに腕を摑《つか》まれた。姫茴さんだ。

「え」

「……ここは俺が払うってことは……」

姫茴さんは驚くぐらいの力強さで俺の腕を摑んで、離さない。

そして何故《なぜ》か、目をキラキラと輝かせながら——

「次はわたしが払うってことだよねー!?」

「えっ!?」

どういうこと!?

「一軒だけなわけないでしょ！　行けない日のためにも撮れる日に撮り溜《た》める！　これミンスタグラマーの常識だから！」

「えっ、ちょっ⁉　俺用事が……！」

「ないって言ったよねー！　さっき！　学校で！」

しまった！　と自らの不用心さを悔いる。

「さー！　実はもう次に行きたいところ決めてるんだよねー！」

「姫茴《ひめうい》さん、あの、俺実は……！」

「この調子で桜庭《さくらば》市の喫茶店を制覇しちゃおっかなー」

聞く耳持たずだ。

こうして俺は、半ば引きずられるようなかたちで〝菖蒲《しようぶ》〟をあとにした。

♥

桜庭市の外れにある閑静な住宅街に〝あろーん〟という喫茶店がある。

喫茶店のことは……正直よく分からないけど『食べレポ』で調べたら、すごく評価が高かったので行ってみることにした。

だって平均評価が星五つだよ！　すごくない⁉

まぁレビューしてる人、一人しかいなかったけど……とにかく評価が高いということは良い喫茶店なんだと思う！　多分！

という完璧《かんぺき》な判断のもと、勇気を振り絞ってお店に入り、アイスティーを注文してテーブル席で一人スマホをいじっていたわけだけど……

「うう……」

自分のミンスタのページを見たら、あまりの苦しさに思わず呻《うめ》いてしまった。

理由は……ご存じの通り、

「ど、どうしよう……全然フォロワーが増えないよう……」

sato koharu_0515　フォロワー数……8

二日で増えたフォロワーはたったの2。

しかもそのどちらもスパム？　とかいう怖いアカウントで、英文を直訳したような奇妙なDMが送られてきている。添付されたリンクは……怖くて開いてないけど。

いいねだってマトモにつかない。昨日アップしたソーダフロートだって麻世《まよ》さんがつけてくれた1いいねのみ（優しい）だ。

……なんにせよ、絶望的な状況。

「こんな調子じゃ一か月で600フォロワーとか絶対無理だよ〜……」

自分でもびっくりするぐらい情けない独り言が出てきた。

お父さんに「ミンスタのフォロワーを百倍にしろ」と言われてからというもの、食べレポを駆使して近所の評価の高いカフェや喫茶店を探し、映《ば》える写真を撮って、ミンスタへアップするというのを繰り返しているけれど……成果はまるでない。

というかそもそもなにをどうすればフォロワーが増えるのかも分からない！　みんなミンスタのフォロワーってどうやって増やしてるの⁉

「このままじゃ押尾《おしお》君とデートするどころか会うこともできなくなっちゃう……！」

マイナス思考がぐるぐる巡る。アイスティーの味もよく分からない。

――そんな時、小太りの店主さんが私のテーブルへ何かの皿を運んでくる。

「お待たせしました」

「え？　私まだこのアイスティー以外何も頼んでないですけど……」

「いえ、これはあちらのお客様からです」

あちら？

店主さんの指したテーブルへ視線を向けるけど、誰も座っていない。

空になったグラスだけが三つ並んでいる。

「誰もいませんけど……」

「あれホントだ？　おかしいな、ついさっきまでそこに三人学生さんが座っていたのに……まあいいやお代はもらったし、あちらのお客様からです」

学生さんが三人？　全然気付かなかった。

「……ちなみになんですかこれ？」

「秋刀魚《さんま》の塩焼きですね」

「？？？」

頭の上いっぱいに疑問符が浮かぶ。

確かにこの香ばしい食欲をそそる香りは秋刀魚の塩焼き以外にありえなくて、今がちょうど旬《しゅん》だろうけど、でも……ああツッコミが追いつかない。

そもそも、メニューに秋刀魚の塩焼きなんてあったっけ？

「お好みで塩もお使いください」

「？？？？　普通醤油《しょうゆ》じゃないですか？」

「さあ、あちらのお客さまからのリクエストで」

「塩を……？」

もう頭の上に浮かべる疑問符が追いついていない。

それと、さっきから気になってたけどこの店主さん……

「これもあちらのお客さまからなんですが……なにか？」

「なんかすごい強調するなと思って……あちらのお客さま、もういないのに……」

「ええ、この店、見ての通り閑古鳥が鳴いてますから。あっちこっちにお客さんがいるのは滅多にないんです。もういないけど」

「切ない……」

「だから記念に言い溜《た》めておこうと思いまして、もう一度いいですか？」

「ど、どうぞ」

「では、こほん、あちらにいらっしゃったお客様から伝言です。『お前のお塩が大変だ、勝負に向かえ』と」

「？？？？？？？」

夢？　夢見てるの私？　本当にどういうこと？

「……どういう意味ですか？」

「さあ……私はそのまま伝えているだけなので」

「お塩が大変なんですか？」

「いえ、そこのスーパーで買ってきた普通の食塩ですけど」

「……勝負するんですか？」

「オセロならありますけど……」

もうお手上げだった。迷宮入り。

とりあえず冷めたら勿体《もったい》ないので、思考停止気味に秋刀魚《さんま》の塩焼きへ箸《はし》をつける。

焼き加減も塩加減も絶妙な、脂ののったいい秋刀魚だった。

ご飯がほしい……

「あ、そういえばあの人たちお塩のイントネーションがちょっと変でしたね、お塩、おしお、おしお……うーん」

首をひねる店主さん。秋刀魚を口に運ぶ私。

お塩が大変……おしお……押尾《おしお》？

「押尾君⁉」

それってもしかして……押尾君が大変、ってこと⁉

「……あ、よく考えたらしょうぶも勝負じゃなくて〝菖蒲《しょうぶ》〟か。近くに菖蒲ってオシャレな喫茶店があるんですよ。最近改装したんですけどね……」

「どっちですか⁉」

「え、あちら……」

「――住所で！」

「ヒィッ」

私がすごい剣幕で捲《まく》し立てるものだから、店主さんもびっくりしていたようだった。

ごめんなさい！　でも緊急事態だから！

✿

――楽しい。楽しすぎる！

ミンスタと関係なく、リアルがこんなに楽しいと感じたのはいつ以来だろう。

周りに誰もいなければ鼻歌混じりにスキップだってしていたに違いない――あ、いや押尾《おしお》クンがいなかったらこんなに楽しくないのか、ふふふふふ。

自分で言うのもなんだけど浮かれ切っている。

それというのも今、わたしは彼の腕を握っているから。

「次わたしの行きたいところ〝羊歯珈琲《しだコーヒー》〟っていうんだけど押尾クン知ってるー？」

「あ、うん、知ってる……いいとこだよねー……」

――言うまでもない、押尾颯太《そうた》。

わたしに腕を引かれる彼の存在が、ここまでわたしを浮かれさせているのだ。

ていうかこれデート？

気付いちゃったけどわたしこれ人生初デートってやつじゃない？

正直、ちょっと前まではクラスメイトのアホな男子たちとこんなことするなんて考えるだけでも嫌だったけど……なにこれ楽しい!!　ただ一緒に歩いてるだけなのに!!

それに押尾クンと一緒にいると何故《なぜ》かどんどんインスピレーションが湧《わ》いてくる！

次にミンスタでどんな写真を投稿すればいいのか、次から次へと構想が浮かんでくる！　まるで頭の中の固い栓が外れたような気分!!

人から好意を向けられるのには慣れてるつもりだったけど……押尾クンからのは全然違う！　なんでだろ!?

そして押尾クンがわたしの目を見てくれないのは多分照れ隠しだよね!?　かわい〜〜！

……ここまできたらもう認めるしかない。

わたしはきっと、押尾クンのことが……

「ね、ねえ姫茴《ひめうい》さん……ごめん、いったん手を放してもらってもいいかな……」

押尾クンが遠慮がちに声をかけてくる。

名前を呼ばれただけで嬉《うれ》しくなってしまい、わたしは「なにー？」と上ずった声をあげてしまった。

「その、なかなか切り出すタイミングがなくて、本当にこういうことは先に言っておけばよかったと思うんだけど、俺、実は……」

「？」

なんだろうかしこまって？

……告白!?　もしかしてこれ告白!?　早くない!?

わたしのテンションは一気に最高潮、押尾クンの言う通りに手を離し、次の言葉を待つ。

押尾クンは――やっぱり恥ずかしいんだろう――言いにくそうに、何度か口をもごもごさせたのち……

「実は俺、カノジョがいるからこういうことはあんまり――」

「――押尾《おしお》君!?」

押尾君が何か言いかけたけれど、突然声がかぶさってきたせいでよく聞こえなかった。

ああタイミングが悪い！　誰!?

わたしと押尾クンは、同時に声がした方へ振り向いて……

「えっ」

「あっ」

思わず声をあげてしまった。

だってそこに立っていたのは、ある種運命的な人物――

「佐藤《さとう》、こはる……？」

そう、押尾颯太《そうた》の元カノこと佐藤こはるの姿が、そこにあった。

走ってきたのだろうか？

顔を上気させて、息も荒くこちらを見つめている。

それはもう、信じられないものを見る目で……

「お、押尾君……？　あれ……？　押尾君が大変って……あれ？」

彼女の視線が、わたしと押尾クンの間を何度も行き来する。

その視線移動の意味に気がついたのだろう、押尾君が「あっ」と声をあげた。

「ち、違うんだよ佐藤さん！　今ちょっと姫茴《ひめうい》さんに頼まれて喫茶店を教えてただけで……」

「喫茶店を……？」

「そう！　姫茴さんはミンスタグラマーだから……その、有名な……！」

さっきまでのカッコいい押尾クンはどこへやら、未《いま》だ状況を呑《の》み込めていないとみえる佐藤さんへ、しどろもどろに弁解をしている。

そんな様子を見て――ぴんときた。

ははーん、そういえば聞いたことがあるなー。

フツー、カップルっていうのは別れたあとも元恋人に会うのは気まずいものだって。

わたしにその感覚は理解できないけど……押尾クンもフラれた側なら別に、堂々としてればいいのにー。

ま、いいか。ここはわたしが助け舟を出してあげよーっと。

――というわけでヒメスイッチ・オン。

「佐藤さん、心配しなくても大丈夫だよ～、ヒメ、まだ何もしてないも～ん」

「まだ……？」

佐藤さんがこれでもかと目を見開いて、同時に押尾君の顔が青ざめた気がするけど……ホント、気にしなきゃいいのに。

「ミンスタに載せる写真を撮るのにど～しても案内が必要だったからお願いしてついてきてもらってるだけ～。ほら、押尾《おしお》クンはカフェとか喫茶店とか詳しいでしょ～？　ね～？」

「…………そうなの？」

押尾君が何度も頷《うなず》いてそれを肯定する。

佐藤《さとう》さんは未《いま》だにちょっと半信半疑って感じの目で押尾クンのことを睨《にら》みつけてたけど……

うーん嫉妬心《しっとしん》ってやつ？

自分から振っても、やっぱり元カレが誰かのものになるのは嫌なのかなー？

元カノ元カレって難しい。

わたしにはただ身勝手な話にしか思えないけど……

……そうだ。

「――いいこと思いついた～！　これからヒメ、ミンスタ映《ば》え間違いなしの喫茶店に行くんだけど、佐藤さんも一緒にどう～!?　三人で行こうよ～！」

「えっ!?」

押尾クンがぎょっと目を丸くする。

佐藤さんは……どうもこの提案で猜疑心《さいぎしん》はあらかた消えたらしい。

わたしがあまりに堂々と提案するからなにも後ろめたいことはないと思ったのだろう。

「み、ミンスタ映えするカフェ……い、いいの？」

「うん！　ヒメ、ちょうど佐藤さんのこと色々知りたいな～と思ってたの～！」

わたしは渾身《こんしん》のヒメスマイルで言う。ちなみにこれは嘘《うそ》じゃない。

そしたら佐藤さんはとうとう最後の警戒心まで解いて、満更でもなさそうに……

「え、じゃ、じゃあお言葉に甘えて……？」

なんて言っている。

誰をも寄せ付けない高嶺《たかね》の花、塩対応の佐藤さん――

わたしはそう聞いていたのだけれど、どうやらあの看板は偽りだったらしい。

「押尾クンもいいよね～？　用事ないって言ってたし～」

「え、いや、まあでも……」

「――じゃあ一緒にいこっか～！　ゴ～！」

押尾クンはまだ何か戸惑っていたようだったけれど、あえて無視する。これから始まることを予見して人知れず笑みを堪《こら》えるのに必死だったからだ。

ちなみにさっきの言葉は嘘ではないが、罠《わな》ではある。

三枚目　羊歯珈琲

喫茶店〝あろーん〟から少し歩いて閑静な住宅街を進むと、生け垣に囲まれた綺麗《きれい》なお店が現れる。

年季の入った木扉をくぐれば、中はいかにも「歴史のある喫茶店」というような落ち着いた雰囲気。

カウンターの向こうでは、いかにも人の好《よ》さそうな白髪の店主さんが静かにコーヒーを淹《い》れている。

店内を流れるクラシックも、アンティークの調度品の数々ももちろん素晴らしいけれど……なにより目を引くのは大きなガラス窓から見える立派な中庭だ。

店主自慢の中庭が、時間の止まったような店内から四季の移ろいを感じさせてくれる。

ここが桜庭《さくらば》市の名喫茶店〝羊歯珈琲《しだコーヒー》〟……

まあ全部、押尾《おしお》君からの受け売りなんだけど。

「お待たせしました、クロックムッシュとコーヒーのセットです」

髪を後ろで結った綺麗な女性――おそらく店主さんの奥さん？――が、私たちのテーブルに料理とコーヒーを運んできてくれた。

そのあまりのオシャレさに、私は息を呑《の》む。

「くろっくむっしゅ……」

ついでにオシャレな響きだったから意味もなく繰り返してしまった。

くろっくむっしゅ、初めて見る料理だ。

ぱっと見は分厚いチーズトースト？　に見えるけど……

「チーズトーストにハムを挟んだサンドイッチ？　って説明すればいいのかな。見ての通りだね。チーズの上に目玉焼きをのせるとクロックマダム。ここの看板メニューだね」

疑問に感じていたら、押尾君がすかさず補足してくれた。

「じゃあ、この緑色の野菜みたいなのは？」

「付け合わせのクレソンサラダだね、味がつけてあるからそのまま食べられるよ」

「そうなんだ……」

やっぱり押尾君は物知りだ。

私は隣に座る彼に、尊敬のまなざしを送ろうとして……

「あっ」

つい、すぐに目を逸《そ》らしてしまった。

だ、ダメだ……やっぱりまだ恥ずかしくて押尾《おしお》君の目が見られない……！

咄嗟《とっさ》に視線の行き場を探して、正面に座る姫茴薫《ひめういかおる》さんと視線がぶつかる。

一瞬、姫茴さんの視線が何か冷ややかなものに感じたのだけれど——気のせいだろう。

彼女はすぐににこやかな笑みを取り戻した。

「羊歯珈琲《しだコーヒー》って、やっぱり中庭に生えている羊歯の葉が由来なの？　押尾クン」

姫茴さんに言われて、私は庭へ目を向けた。

確かに姫茴さんの言う通り、庭には羊歯の葉が生い茂っている。

「そ……そうそう、店主さんの趣味でね。羊歯は昔から霊草とか魔法の草とか呼ばれてて、魔除けに使われたり薬の材料に使われたりしてたんだって、この前教えてもらった」

「へ～神秘的だね～。そう思って見ると、なんか落ち着いてくるかも～」

姫茴さんのコメントには素直に感心してしまう。

……私には絶対、そんな気の利いたこと言えない。

な、なんだか途端に恥ずかしくなってきた……

「それにこの大きなガラス窓から夕日が差し込んで超いい感じ～。これならどんなヘタクソが撮っても映《ば》えそ～」

「うっ」

なんとも言えない気まずさから反射的にクロックムッシュへ手を伸ばしかけていた私は、思わず呻《うめ》いてしまう。

姫茴さんはすでにスマホを構えて慣れた手つきで写真を撮り始めていた。

……そうだ、私は何をやっているんだ。

ちゃんと写真を撮らなきゃ！　じゃなきゃなんのためにここへ来たのか分からない……！

「引き……接写……シズル感……」

呪文《じゅもん》のようにぶつぶつ繰り返しながら、私もスマホを取り出し、姫茴さんの見よう見真似《みまね》でシャッターを切る。

慌てていたせいか最初に動画で撮影してしまった。

「あっ、間違えた……！」

「……佐藤《さとう》さん、もしよかったら俺が写真撮るの手伝ってあげようか？」

「だ、大丈夫！　一人でできるからっ！」

押尾君の申し出はありがたかったけれど、すぐに断った。

だってこれは自分一人の力でできないと意味がない。

そうじゃなきゃ、きっとお父さんは納得しない……！

「押尾クン、なんか電話鳴ってない～？」

初めに気付いたのは姫茴さんだった。

見ると確かに、テーブルの上で押尾君のスマホが震えている。

「あれ、ホントだ……父さんから？　なんだろ……ごめん二人とも！　お店のことかもしれないからちょっと席外すね！」

「いってらっしゃ〜い」

「あっ、い……いってらっしゃいっ！」

押尾《おしお》君が震えるスマホを片手に、小走りでお店を出ていく。

……二人きりになってしまった。

ひとしきり写真を撮り終えた私は、自分の悪いところが出ないよう注意して、正面に座る彼女をちらと見る。

——姫茴薫《ひめういかおる》さん。

さすがの私でも知っている。学校の有名人だもん。

6万人のフォロワーを抱える現役女子高生ミンスタグラマー。

フォロワーが8人でやっとの私からすれば神様みたいに見える。

そんなすごい人とほとんど初対面で二人きり……今までの私ならきっとひどい態度とっちゃってただろうな。

でも今は違う。私だって成長したんだ！

「じっ……自己紹介遅れちゃったね姫茴さん！　はじめまして、佐藤《さとう》こはるです！　私、姫茴さんのミンスタ見てるよ！」

ちょっと噛《か》んじゃったけれど、自分にしては上出来！　毎日みおみおと一緒に「演劇部長直伝・緊張しない挨拶《あいさつ》」の練習をした甲斐《かい》があった！

でも、姫茴さんの反応は……

「ありがとー」

カップに口をつけながら一言、たったそれだけだった。

あれ？　姫茴さんさっきまでと雰囲気が違うような……

……いや、めげずにコミュニケーションだ！

「す、すごいよねー姫茴さんは！　フォロワー6万人なんて！　私もミンスタ頑張ってるんだけど全然思うようにいかなくって！　フォロワーも8人しかいないんだよ！　あはは……なにかコツみたいなのがあれば教えてほしいかなー、なんて……」

「特別なことはなにもしてないよー、フツーに撮ってるだけー」

「……そっ、そういえばさっき押尾君と姫茴さんが二人でいるのを見た時、私びっくりしたんだー！　押尾君は……あ、いやもちろん姫茴さんもそんな人じゃないと思うけど！　私、初めはすごく変な勘違いしちゃってー……」

「――というか佐藤さん、なんでまだ押尾クンに付きまとってるのー？」

「…………へっ？」

思いがけず衝撃的なセリフが飛んできて、フリーズしてしまった。

姫茴《ひめうい》さんは何食わぬ顔でクレソンサラダをさくさくかじっている。それがあまりにも自然だったから、さっきのが私の聞き間違いだったのかと思ったほどだ。

「付き、まとって、る……？」

「そー、なんで？」

「なんで……？」

突然のことすぎて思考が追いつかない。

なんで？　……なんで？

なんでって言われたって、それは……

「振ったんでしょ、押尾《おしお》クンのことー」

――今度ばかりはフリーズしてる場合ではなかった。

「なっ、ないないないないないないないっ！！！！！！！　なんで私が押尾君を!?」

最近で一番大きな声が出てしまう。店主さんも驚いてこっちを見ていたけど、それを気にする余裕すらなかった。

本当に、どうしてそんなことになってるの!?

「なんでって、男子たちの間で噂《うわさ》になってるよー」

「どっ!?　なんでそんな……」

「みんなの前で、学校で話しかけないでー、って言ったんでしょ？」

「あっ……！」

……しっかりと思い当たる節《ふし》があった。

確かに私はつい先日、押尾君にそんなひどいことを言ってしまった記憶がある。あの場面だけ見れば、私が押尾君を振ったように見えるかもしれない。

でも……！

「あれは、その、恥ずかしくて、つい……！」

「つい？　押尾クン、この世の終わりみたいな顔になってたけど」

「うぐ……！」

ずきりと胸が痛む。

この件に関しては完全に私が悪い。

なんなら、まだ押尾君に謝れてすらいない。

「え？　なに？　もしかしてマジに別れてないわけ？　二人とも？」

「わ、別れてないです……付き合ってます。付き合ってるはずですけど、まだ……」

自分のことなのにどんどん語尾が小さくなって、目線も膝上《ひざうえ》まで落ちてしまう。

「は——っ、なにそれ……じゃあ佐藤《さとう》さん今日はどこにいたの？」

「ちょっと一人で秋刀魚《さんま》……」

「さんま……？」

「間違えた！　き、喫茶店に、一人で……」

「一人で喫茶店に？　付き合ってるカレシがいるのに？」

「そ、それにはちゃんと事情があって……！」

事情……そう事情があった！

それこそ私と押尾《おしお》君の今後に関わる大事な事情が！

でも、姫茴《ひめうい》さんはむしろ呆《あき》れかえった風に、ふうと溜息《ためいき》を吐き出した。

「もちろんさー、お互い一人で好きなことをやって、それを認め合えるカップルがいるのも知ってるよ？　共感はできないけどねー」

そこまで言うと、姫茴さんはクレソンの山にざくりとフォークを突き立てる。

「でもさーあんたらのは違うと思うんだけど」

「ど、どうしてそんなことが姫茴さんに……」

「フツー誰だって分かるでしょ、押尾クンのあの顔を見れば。さっき佐藤《さとう》さんが目を逸《そ》らしたり、写真手伝おうかって言ってくれたのを佐藤さんが断った時、押尾クンがどんな顔してたか、ちゃんと見てた？」

「えっ……？」

頭の中が真っ白になる。

あの顔……？　どんな顔って……？

思い出せない。違う、そもそも見ていないのだ。

いや、それどころか……

「佐藤《さとう》さん、最後に押尾《おしお》クンの顔をちゃんと見たの、いつだったか覚えてないでしょ」

「それは……！」

どうして姫茴《ひめうい》さんは私の考えていることを、こうもぴたりと言い当てられるのだろう。

「そんなのも分かんないんだー」

姫茴さんと目が合う。

私はそれまでずっと疑問だった。

どうして姫茴さんがそんなことを聞いてくるのか？

どうして姫茴さんは私を責め立てるのか？

でも、彼女の目を見て、その理由がすぐに分かった。

彼女は私に、怒っているんだ。

「――フツー、カレシにあんな顔させてるの知った上で、それでも堂々とカノジョだって名乗れるわけないじゃん」

「あっ――」

頭を殴られたような衝撃が私を襲った。

今度こそ返す言葉が見つからない。

……姫茴さんの言う通りだ。

私は、自分のことばっかりだった。

恥ずかしいとか、照れくさいとか、ミンスタのフォロワー数とか……

自分の都合ばかりで押尾君を振り回して、
押尾君のことを何も知らなかった。見ようともしなかった。

それを、ほとんど初対面の彼女に気付かされてしまったのだ。

「……うん、まだ付き合ってるって聞いて正直ちょっと萎《な》えたけど、なんかアンタ見てたら、自分の気持ち再確認できたわ」

姫茴さんが一人噛《か》み締めるように呟《つぶや》いた。

「気持ち……？」

「わたし、押尾颯太《そうた》に出会ってから全部うまくいってるの。あれだけつまらなかった学生生活も初めて楽しいと感じてる。今度はわたしが彼に何かを返してあげたい。そしてわたしにはなんだって差し出す覚悟もある」

姫茴さんの言葉を聞いていると、なんだか喉《のど》がカラカラに渇いてきて、心臓が早鐘を打ち始める。

きっと私は知っていたのだ。

「そーだ、さっきミンスタのコツ聞いてきたよね？　教えてあげる。ミンスタのコツはフォロワーに自分という人間を『伝える』こと」

その言葉の流れ、力強さがどういった結論にたどり着くのか。

そしてどうして、姫茴《ひめうい》さんがこんなにもよく私たちのことを見ているのか。

私はきっと知っていた。

だから……

「あなたはフォロワーどころか、カレシにすら満足に『伝え』きれてない。わたしの方がずっと、彼にふさわしい」

だから、こんなにも胸が痛くなるのだ。

「──わたし、押尾《おしお》クンのこと好きになっちゃったんだよねー」

ぐらり、と世界の揺らぐような感覚が私を襲った。

椅子《いす》に座っているはずなのに自分がどこまでも底の方へ落ちていくような、そんな大きな揺らぎ。

「わたし、あなたと違ってのんびりしてないから、すぐだよ。恋愛もミンスタも、負ける気がしない」

……私が覚えているのは、ここまでだ。

そのあとすぐに押尾君が帰ってきたような気がするけれど、
どんな言葉を交わしたのかも、

人生初のクロックムッシュがどんな味だったのかも、
どのように二人と別れたのかも、
全部覚えていない。

気付いたら私はどこか知らない公園のベンチに座っていた。

日は沈み、あたりはすっかり暗くなって、子どもたちの姿もない。

時間は……確認するのも億劫《おっくう》だった。

――フッー、カレシにあんな顔させてるの知った上で、それでも堂々とカノジョだって名乗れるわけないじゃん。

姫茴さんの言葉が、何度も、何度も、頭の中で反響していた。

……本当にその通りだと、自分でも思う。

自分は押尾君のカノジョを名乗っておきながら、何もしなかったし、何も知らなかった。

押尾君がどれだけ辛《つら》い思いをしているのかも知らず、ただなんとなく、押尾君と私はなにがあってもずっと一緒にいるだろうという根拠のない自信を持っていただけだ。

……押尾君はカッコいい。

これは容姿だけの話じゃない。全部がカッコいいんだ。

そしてカッコいいということは当然、私の他にも押尾君を好きになる人はいるに決まっている。考えれば当然のことだ。

それなのに私は、当たり前のように自分のものだと思っていた。

……甘えていたんじゃないか？

彼氏・彼女という関係に。

付き合えばそれでゴールだと、勝手に思い込んでいたんじゃないか？

私が押尾《おしお》君からもらったものは数えきれないけれど――私から何か押尾君に与えることはできたのか？　ただいたずらに悲しませているだけじゃないのか？

自分のダメなところを考え出すと、もうキリがない。

……その点、姫茴《ひめうい》さんはどうだろう。

彼女は私にないものを全部持っている。

女性としてこれ以上ないぐらい魅力的で、コミュニケーション能力も高いし、ミンスタのフォロワー数だって信じられないぐらい多い。

それに……彼女はよく見ている。

思い返してみれば、中庭の羊歯《しだ》の葉も、スマホの着信も、押尾君の悲しそうな顔に気付いたのも、全部姫茴さんだ。

私が自分のことでいっぱいいっぱいになっている間も、姫茴さんはしっかりと周りを見ていた。

そんなの、どっちが優れているかなんて比べるまでもなくって……

「私、カノジョ失格だ……」

分かり切っていたことなのに、口に出すと涙がぼろぼろとこぼれてきた。

なんで泣いているんだろう、全部自業自得なのに。

今まで押尾君を悲しませたぶんが全部自分に跳ね返ってきているだけなのに。

いつまで被害者ぶってるんだ私は、私が悪い、私が悪い、いっそ消えてしまいたい——

激しい自己嫌悪と罪悪感に押しつぶされそうになる。

私が悪い、そんなの分かり切っているのに、それでも自然と彼の名前を思い浮かべてしまうのだから、本当に救いようがない——

「——佐藤《さとう》さん」

頭上から名前を呼ばれて、私はその時、本当に自分の心臓が止まってしまったのではないかと錯覚した。

……いやまさか、そんなはずない。

そんな都合のいいことが、何度も起こるはずがない。

私は自分に言い聞かせながらも、でも心のどこかで期待してしまっていた。

「押尾、君……？」

ゆっくり、ゆっくりと顔をあげる。

するとと、私のすぐそばには――

「――いやまったく、我らが女神に涙を流させるなど、とんだ不心得者もいたものだ」

「……えっ、誰？」

本当に知らない男の人が立っていたので、私は反射的に塩対応モードをオンにしてしまった。

「ぎゃああああああああああっ⁉」

「に、仁賀《にが》君気を確かにっ⁉」

「そ、そうよ！　振った男のことなんてフツー覚えてないわ！」

「おえぇ――ッッ……！」

「あああっ！　仁賀君が吐いた‼」

本当に知らない男の人がまるで悪魔にでも憑《つ》かれたみたいに苦しみだして、これまた知らない男の人と知らない女の人が彼を介抱している。

……なんだろうこの怪しすぎる人たちは？

状況が意味不明すぎて驚くことも怯《おび》えることもできなかった。

って、ちょっと待って？　あの女の人……小彼郁実《おがのいくみ》さん？

そして他の二人もよく見たら桜庭《さくらば》高校の制服を着ていて……

あっ⁉

「も、もしかして、えすえすえふの皆さんですか……？」

「今さら気付いたの!?」

そう言ってぎょっと目を丸くしている中性的な彼は、確か唐花洋一《からはなよういち》君。

「せ、正確には元SSFだ！」

そしてさっきまで奇声をあげていた彼は……思い出した！　仁賀隆人《りゅうと》君だ！

「な、なんの用ですか……？」

彼らの正体が分かったところで、私は咄嗟《とっさ》に身構える。

えすえすえふについて私は詳しく聞かされていないけれど、少なくとも「陰で隠れて押尾《おしお》君にひどいことをしていた人たち」と記憶している。もちろんいい印象はない。

いざとなれば大声をあげて交番に逃げ込めるよう、逃走経路を確認していると……

「――だから元SSFだ！　キミのカレシにこっぴどく怒られて今日付で解散した！　もうなにもする気はない！」

私は翻しかけた身体《からだ》を、元に戻す。

「押尾君に……？」

「うん、そりゃあもうすごい剣幕だったんだよ！　『俺が嫌がらせをされる分にはいいけど、佐藤《さとう》さんに危害を加えるようなことがあれば俺も何するか分かんない』ってさあ！　いや～今まで絡まれたどんなヤンキーより怖かったな」

「ギギ、うらやましいですこはる様……！」

「小彼《おがの》さん感情が大変なことになってるよ」

押尾《おしお》君がそんなことを……

さっきまで自己嫌悪に苛《さいな》まれていた私は、自分の胸のうちが温かくなるのを感じる。

しかし自分のあまりの単純さに、すぐに自己嫌悪のぶり返しが来た。

その波のあまりの大きさに押しつぶされて、私はつい、ほとんど接点もない彼らに心中を吐露してしまう。

「でも私、カノジョ失格ですから……」

三人が揃《そろ》ってこちらを振り向く。

やめなきゃ、やめなきゃと思うのに、どうしても口が止まらない……

「私、本当に自分のことばっかりで、ぜんぜん押尾君のことを見てなかった。やったことと言えばカノジョっていう立場で押尾君を縛ってただけで、それだけじゃなくて押尾君を悲しませて……」

一度口を開いたら、もうせき止めることなんてできやしない。

私の、私だけが受け止めなくちゃいけない自己嫌悪の濁流が、溢《あふ》れ出してしまう。

「姫茴《ひめうい》さんの言う通りだ……押尾君は私なんかと付き合うより、ふさわしい相手が……他に……いるのかも……」

ついに最後のダムが決壊して、両目からぽろぽろと雫《しずく》がこぼれ落ちてしまう。

ダメだ、止まらない、ダメだ。

私のことも、よ、よく知らない、い、相手に、私は一体何を言って……

「──じゃあ、諦《あきら》めるのだな」

「え……？」

驚いて顔を上げる。言ったのは仁賀隆人《にがりゅうと》君だった。

するとその言葉を合図に、まるで私なんて初めから存在していないかのように、彼らは閑談を始めたではないか。

「ふむ、そうか、佐藤《さとう》こはるは押尾颯太《そうた》を諦めるらしい」

「ということは押尾君は晴れてフリーだね、よかったじゃん小彼さん」

「ほ、ホントっ⁉　しょ、しょうがないわね。じゃあ私が押尾君のことでででデートとかに誘っても……」

……えっ？

「時に唐花《からはな》よ、押尾颯太に好意を抱く女子は他にもまだ何人かいたな」

「そうだね、ぼくのリサーチによると少なくともあと二人いるね、押尾君のことを好きな人」

「なんだ意外とモテるなアイツは、ボクほどじゃあないが」

えっ、ちょ、待っ……

「まぁ彼女らにも伝えてやろうじゃないか、押尾颯太はフリーになったから狙《ねら》い放題だと。たまには善行でも積んでおこう」

「そうだね、一日一善、徳を積んで天国へ行こう。南無南無」

「は、初デートはやっぱり海？　動物園!?　それとも彼のカフェで……！」

元ＳＳＦの三人がこちらに背を向け、会話を弾ませながらその場を立ち去ろうとする。

「待っ……」

おこがましいとか、そんな資格ないとか、カノジョ失格とか。

そんなことを考えるよりも先に、体が動き出していた。

「待って！」

「──それをアイツにやれ!!」

「っ!?」

仁賀《にが》君と唐花《からはな》君が、振り向きざまに声を揃《そろ》えて私へ怒号を飛ばした。

二人の豹変《ひょうへん》ぶりもそうだけど、なによりもその内容に私は衝撃を受けた。

仁賀君は踵《きびす》を返し、つかつかと私に詰め寄ってくる。

「──いいか佐藤《さとう》こはる！　どれだけ想っていようが！　どれだけ慕っていようが！　陰に隠れていたのでは決して伝わりはしない！」

「っ……！」

「離れてほしくないなら離れてほしくないと！　傍《そば》にいたいなら傍にいたいと！　好きなら好

きと！　本人の顔を見て！　本人に直接言え！」

「仁賀《にが》……君……」

彼の言葉が、私の胸を打つ。

私の心にあれだけしつこくまとわりついていた自己嫌悪が、火傷《やけど》しそうなほどの熱量で吹き飛ばされる。

熱……それは確かに熱だった。

だって今の私は、身体《からだ》が熱くてたまらなくって、そして一秒だってじっとしていることなんてできなかったのだから。

「――元ＳＳＦのみなさん！　ありがとうございましたっ‼」

私は彼らに深々とお辞儀をすると、弾《はじ》かれたように走り出した。

どこへ？　そんなのは決まっている。

一分一秒でも早く、押尾《おしお》君のもとへ――

✖

夜の公園から佐藤《さとう》さんが走り去るところをしっかりと見届けたのち、ぼくはようやく彼に声をかけた。

「まさか仁賀君の口からあんな台詞《せりふ》が出るとはね」

意外だった。これぱっかりは本当に。

まさかあの仁賀君が佐藤さんの背中を押すなんて――

本当にここ数日、珍しいことばかり起こる。

「あれさ、自分と重ねて言ってたでしょ」

「……そうかもしれないな」

「素直だね」

「自分でも不思議だが、妙にすっきりしている。憑《つ》き物が落ちたようだ」

仁賀君は嫌味なぐらい澄んだ夜空を見上げて、ほうと白い息を送りだす。

確かに彼の横顔は、どこか晴れやかだった。

「もしかしたらこの失恋は、自分の中ではとっくにカタのついていたことなのかもしれないな」

「大分歪《ゆが》んでたけどね」

多分これもぼくたちが馬鹿《ばか》をやりながら、あの二人を誰よりも近く、そして誰よりも遠くから見ていたおかげかもしれない。

ぼくは仁賀君の肩をぽんと叩《たた》いた。

「ま、ラーメンでも食べにいこっか」

「唐花《からはな》、キミ意外といいやつだな」

「今更？　ほら小彼《おがの》さんも一緒に……うん？　何やってるの小彼さん？」

「ふふふ、押尾《おしお》君との最初のデート、どこへ誘うかリストアップしてるの……」

「……」

「……」

　だらしないニヤケ面でスマホをいじる小彼さんを見下ろして、ぼくも仁賀《にが》君も思わず無言になってしまった。

20:00 95%

〈 姫茴薫

姫茴薫

押尾クンへ
分かってると思うけど姫茴です。

やっぱりちゃんとお礼を言っておかないとなと思って、メッセージ送りました。

こういうところでしっかりしてるかどうかって社会人になってから差が出ると思うし、それにわたしはミンスタグラマーとして少なくともお金をもらってるわけで、それってつまり大人と対等なわけでしょ？

だからメッセージの送信がこんな時間になったのは、押尾クンが色々と落ち着くであろう時間を見計らって、あえて遅くしたの。

昨日も言ったけど、別にメッセージの内容に迷ってたから遅くなったとかそういうのじゃないからね。

わたし、そんなにメッセージの内容とかで迷うタイプじゃないし、ほんとに。


それはそれとして今日行った喫茶店、本当に良かった。

特に羊歯珈琲のクロックムッシュと中庭の写真はミンスタウケが良くって、あのＲｉｋａｃｏちゃんからコメントきた時はさすがのわたしも「勝ったな」と思ったね。

♠

「うおおぉぉ……姫茴《ひめうい》さん今回もメッセージ長いなぁ……」

午後8時。

姫茴さんから送られてきたメッセージを見て、俺はベッドの上で唸《うな》った。

す、すごい……スクロールしてもメッセージが終わらない……

「全文を読む」表示なんて初めて見たぞ……

「……今日こそはちゃんと返信しないと」

俺はベッドから机に移動して、丁寧に一文字ずつメッセージを打ち込み始める。

ええと……お世話に、なって、おります……羊歯珈琲《しだコーヒー》のクロックムッシュは……と。

「羊歯珈琲……」

店名を打ち込んだところで、脳内にある映像が蘇《よみがえ》ってきた。

先刻、俺は羊歯珈琲で父さんからの電話に出るためいったん席を外した。

ちなみにこの時の電話は結局、帰りにおつかいを頼むだけの内容だったんだけど——まあそれはどうでもよくって、
問題は俺が席へ戻ったあとのことだ。

明らかに佐藤《さとう》さんの様子がおかしかった。

初めは、初対面の姫茴さんと二人きりにしてしまったせいで緊張しているのかと思った。でも……うまく説明できないけど、あの時の佐藤さんはそういうのとは違ったんだ。

——佐藤さん大丈夫？　どこか具合悪いの？

俺がそう聞くと、佐藤さんは首を横に振って。

——ううん全然大丈夫、押尾《おしお》君は気にしないでいいからね。

こう答えた。

今までに一度も見たことがない、ひどく弱々しい笑みで……

「押尾君は気にしないでいいからね……か」

気がつくと佐藤さんのトークルームを開いていた。

当たり前だけど何も変わっちゃいない。

最後のメッセージは俺の送った「全然気にしてないよ！」で止まっている。

「佐藤さん……」

佐藤さんのトーク履歴をしばらく遡《さかのぼ》ってみて、突然なにかしらのメッセージを送りたくなる衝動に駆られたが、ぐっと堪《こら》えた。

……はっきり言ってもう、俺には何が正しいのか分からない。

どれだけ傷つこうとも、めげずに佐藤さんへ歩み寄るのが正しいのか？

それとも蓮《れん》や唐花《からはな》君の言う通りに一度距離を置き、佐藤《さとう》さんを信じて待ち続けるのが正しいのだろうか？

そもそも正しいってなんだ？　どの視点から見て正しいんだ？

どこまでが俺の感情で、どこまでが理屈なのか、

どこまでが俺のためで、どこまでが佐藤さんのためなのか——

もはやその境目も分からなくなるぐらい、頭の中でぐちゃぐちゃに混ざり合っていた。

……最近家に一人でいると、こんなことばかり考えてしまう。

「付き合うって、難しいんだなー……」

俺が考えすぎなだけなのかもしれないけど、とにかく疲れた……

いい加減、姫茴《ひめうい》さんのメッセージへの返信を考えることにしよう。

そう思って佐藤さんのトークルームを閉じようとしたのと、スマホが震え出したのはほとんど同時だった。

〝佐藤 こはるさんからの着信〟

「ウワッッ！！？」

好きな子からの電話なのに本気の悲鳴をあげてしまった。

くっ、口から心臓が飛び出るかと思った！

「な、なになになになにっ!?」

机の上で震えるスマホを前に、俺はほとんどパニック状態で……いや！　そんなことしてる場合じゃないだろ！

俺は慌ててスマホを手に取り、四コール目で「応答」ボタンを押す。

「もしもしっ!?　佐藤さん!?」

返事は……なかなか返ってこない。

代わりにノイズのような音が断続的に聞こえてくる。

なんだ？　通信環境が悪いのだろうか？

初めはそう思ったけど、違う。

このこもったような音……佐藤さんの吐息だ。しかも随分と荒い。

突然の電話、息の乱れた佐藤さん、何か大変な目に遭っているんではないか――そんな不安が頭をよぎる。

「佐藤さん!?　どうしたの!?」

もう一度呼びかける。

すると電話の向こうで、佐藤さんが息も絶え絶えに言った。

『――そ、――と――』

「外!?」

外、確かにそう聞こえた。外に何か――

はっと思いついて、カーテンを開ける。

窓からはすでに店じまいをしたcafe tutujiのフラワーガーデンが一望できる。

すっかり秋の装いに変わったフラワーガーデンと、きっちり片付けられたテラス席、照明は完全に落とされており、当然のことながらお客さんは一人もいない。

だからこそ街灯に照らされた彼女の姿は、すぐに見つけることができた。

「佐藤《さとう》さんっ⁉」

さっき羊歯《しだ》珈琲《コーヒー》の前で別れた時のままの――制服姿の佐藤さんが、cafe tutujiの駐車場からこちらを見ていた。

それも遠目に分かるぐらい憔悴《しょうすい》しきった様子で……

「――ちょっと待ってて！」

俺は電話口で佐藤さんに言うと、部屋着のまま飛び出した。

「も――なんだい颯太《そうた》？　こんな時間に騒がしい……」

就寝前のプロテインをシャカシャカしている父さんと廊下ですれ違う。でもゆっくり話をしている暇はない！

「ごめん父さん！　佐藤さんが来てるから！」

「……どこに⁉」

「すぐそこっ！」

「えっ!?　父さんもう寝るつもりだったんだけど!?」

「ごめんっ！　ジムでも行ってて!!」

「も――、オーバーワークだなぁ……」

受け答えする時間も惜しい！

俺は適当にサンダルをひっかけると、文字通り弾丸のように家を飛び出す。

夜の暗闇《くらやみ》の中、フラワーガーデンをショートカットして、進入禁止の鎖をくぐり、そして駐車場に出た。

そして彼女と対面する――

「佐藤さんっ!?」

「お……押尾《おしお》……君……」

……近くで見ると、よりひどい有様だった。

もうすぐ冬だというのに、佐藤さんは髪の毛から雫《しずく》が滴るほど汗だくで、ぜいぜいと白い息を吐き出すさまはまるで蒸気機関だ。

顔なんかもう、別人じゃないのかってぐらい赤くなっている。

「はあっ、はあ……押尾君、わ、私……は」

佐藤さんは必死で何かを伝えようとしているけど、思った通りに言葉にならず、もどかしがっている様子だった。

こんな時間にどうしたのとか、何があったのとか、こっちからも聞きたいことは色々あったけれど、

そんなことよりもまず――

「佐藤《さとう》さんとりあえず家に上がって！　風邪引くよ！」

俺は佐藤さんの手を取って、ひとまずは家へ招き入れることにした。

「……ええ、はい、そんなわけで今、こはるさんは俺の家にいます。理由は……すみません、まだ訊《き》けていません」

再び自室、電話口に向かって俺は自らの置かれた状況を簡潔に説明した。

……自分でもどうしてこんなことになっているのだろうと、不思議に思う。

しかし目下の問題は……間違いなくこの電話の相手だ。

『………………そうか』

こんなにも重力を伴う無言も、こんなにも背筋の冷たくなる「そうか」も、人生で初めて体験した。

もしもの時のためにと電話番号を交換しておいたものの、まさかこんなシチュエーションで使う羽目になるなんて思ってなかった！

できることなら彼と一対一で話すことはもう二度としたくなかったのに……！

『……まあ、私は君のことを分別のつく人間だと、信頼している』

——佐藤和玄《かずはる》、電話の相手は佐藤こはるのお父様だ。

今の一言にいったいどれだけの意味が含まれていたのかと考えると、もうそれだけでキリキリと胃が痛みだした。

『まず、こんな時間になっても家に帰らず、連絡の一つもよこさない、親不孝者の安否について報告してくれた件に関しては、素直に感謝しよう』

「恐縮です……」

『ところで、こはるは今何を？』

「……とにかく汗だくだったので、ひとまずタオルと着替えを貸して、水分の補給と休息を」

『……はぁ、すまないな、あとで代金を支払う』

「いや！　別にそんな大したことしてないですよ！　ははは……」

『で？　こはるは今何を？』

「……」

誤魔化《ごまか》しきれたと思っていたのだけれどさすが和玄さんだ、するどい。

こめかみのあたりをイヤな汗が伝う。

覚悟を決めろ押尾颯太《おしおそうた》。

「……とにかく汗がすごかったので、シャワーを貸してほしい、と……」

『…………………………』

和玄《かずはる》さんの重い沈黙により、浴室の方から微《かす》かに聞こえてくるシャ────ッという水音が、いやに際立って聞こえてきた。

二つの意味で胸が張り裂けそうだ……

『……私は君のことを分別のつく人間だと、信頼している』

「は……ははは、和玄さんそれ二回目……」

『笑えることを言ったつもりはないが？』

「……」

気をしっかり持て、押尾颯太《おしおそうた》。

「……佐藤《さとう》こはるさんとは健全な、高校生らしい交際をさせていただいております……」

『ならいい』

なんならキスだってまだなので心配する必要はありませんよお父様～あはは。

言おうか迷ったけど、あまりにも自分が情けなくなったので、やめた。

『とにかく聞きたいことは以上だ。迷惑をかけたな。門限については……今日に限りとやかく言うのはやめる。理由も……ひとまずは聞かないでおこう。落ち着いたら連絡するようこはるに伝えておいてくれ』

「……はい、わかりました。こはるさんは無事に帰します」

『よし。……ああ、あと一つ』

「はい？」

『――娘を疵物《きずもの》にしたら殺す』

「…………………」

『…………………冗談だよ』

「あっ……あ～!?　冗談!?　冗談ですよねさすがに!?　あはははは……」

『笑えることを言ったつもりはないが？』

「……」

『では失礼』

プッ、と音が鳴り通話が終わる。

画面には「発信　4分」と表示されていたが……にわかには信じられなかった。

永遠に続く悪夢を見せられていたような気がする……

「あの人、電話越しでも怖すぎるんだよなあああ……」

なんだか寿命が縮んだ気分だ。そう思ってげんなりしていたら……浴室から聞こえてくるシャワーの音がふいに途切れた。

「……！」

ただそれだけなのに、どきりと心臓が跳ねる。

そうだ。なんか勝手に終わった気になってたけど、まだ何も終わっていない。
むしろ最大のピンチはこれからだった……
「……佐藤《さとう》さんがウチのシャワーを……」
静寂の中、自分の心臓の鼓動音だけがやけに大きく聞こえた。
さっきまでは色々てんてこまいだったからむしろ深く考えずに済んでいたけれど……
冷静に考えてみたらこれ、ヤバくないか？
好きな人が、こんな時間に、ウチのシャワーを使ってるんだぞ……
コオオオォ――――ッ…………
ドライヤーも使い始めた……
もう、なにがなんだか分からない。
本当に、何がどうして今こうなってる？　全く心の準備ができていない。
コオオオォ――――ッ…………
ドライヤーの音がこんなに気になったのは生まれて初めてだ。
……今、佐藤さんがウチの洗面所で、ドライヤーを使って髪を乾かしている。
俺がいつも使っている、紫色の、安物の、あのドライヤーで……
「だ、ダメだ！」
この音を聞いているとヘンな想像ばっかり膨らんでくる！

平常心平常心！

俺は佐藤さんのカレシらしくどんと構えていなければ！

「こんな時間に、あんな汗だくでウチに来るくらいだ。佐藤さんは何か重大な用があってウチに来たんだ……」

俺はぶつぶつと繰り返して自分に言い聞かせる。

そうだよ、向こうはもっとシリアスな用事かもしれないだろ。それなのに俺はこんな浮ついた気分で……

……でも待てよ。

シリアスな用事じゃなかったとしたら？

恋人が、恋人の家を訪ねる理由って……

「……押尾《おしお》君、入ってもいい？」

「――――ッッッ！？！？！？」

冗談抜きで座ったままカーペットから三センチぐらい跳ね上がった。

あまりにも驚きすぎて悲鳴すらあがらなかったのは不幸中の幸いだ。代わりに心臓が破裂したかと思ったけど、どうやらまだ動いているらしい。

「ど、どうぞ……」

できるだけ平静を装って、ドアの外の声に答えた。

音を立てないようゆっくり開かれるドアとは裏腹に俺の心臓の鼓動がいっそう激しくなる。

と、止まれ……！　いや止まったら困るけどせめてもう少し落ち着いて——！

「お、お邪魔します……」

彼女は、今にも消え入りそうなかぼそい声とともに、ドアの隙間《すきま》から半身を出した。

「っ⁉」

ドアの向こうから現れた彼女を見た時の衝撃を、どう言い表せばいいのだろう。

もちろん理屈では分かっていた。今の佐藤《さとう》さんがどんな格好なのか。

だって彼女の着替えを用意したのは他でもない、俺だ。

分かり切っていたはずだったのに、その破壊力はすさまじかった。

「そ、その、押尾《おしお》君……ありがとう、服、貸してくれて……」

佐藤さんが俺の服着てる……っ!!

「……ううん！　全然気にしないで、俺の中学時代のジャージだけど……」

「う、うん、気付いたよ！　へへ、ダボダボ……」

袖《そで》が余ってる……っっ！！！

「それにほらっ、ここに押尾君の名前が刺繡《ししゅう》されてる」

胸……っっっっ！！！！

「そ、そうだねー……あはは……」

顔は笑顔だったけれど、佐藤さんに見えないように身体《からだ》をひねって、胸のあたりをぎゅうと押さえつけていた。

ジャージ佐藤さんを見て心臓が何個か潰《つぶ》れた気がする。

「す、座っていいよ……クッション、あるから……」

かろうじてかすれた声が出た。

偉い、俺は偉い。誰も褒《ほ》めてくれないだろうから自分で褒める。

「じゃ、じゃあお構いなく……」

佐藤さんは、いかにも恐る恐るといった様子で部屋の中央までやってくると――おそらく脱いだ制服が入っているのだろう――紙袋をそっと近くに置いて、テーブルを挟んで向かい側に腰を下ろそうとする。

しかし……

「……？」

さっきまで胸の痛みに苦しんでいたことも忘れて、思わず首を傾《かし》げる。なんだか座ろうとする佐藤さんの動きが不自然だった。

「……」

たとえば全身がひどい筋肉痛の時のような、たとえば45℃近いあつ湯に入る時のような、そんなそろりそろりとしたスローモーションな動き。

「……佐藤《さとう》さん、もしかしてどっか怪我《けが》した？」

「どっ!? な、なななんで？　怪我なんてしてないよ私！　全然健康！」

「？　そう……」

元気よく言いながらも、動きはあくまでそろりそろりと、クッションへの軟着陸をする佐藤さん。

あとさっきから気になっていたけどずっと胸を腕で支えているのはなんだろう？

……まぁ本人が全然健康と言うんだし、俺が気にすることではないか。

「そうだ、佐藤さんがシャワーを浴びてる間に用意しておいたんだ」

俺はテーブルの上にある蓋《ふた》つきマグカップを、佐藤さんに差し出す。

「身体《からだ》、まだ冷えてるかと思って」

「……ありがとう、押尾《おしお》君」

佐藤さんのこわばった表情が微《かす》かに緩んだ。

彼女はマグカップを手元へ引き寄せて、蓋を開ける。保温マグカップをうたっているだけあって、ほわりと白い湯気が立ち上った。

中身は俺がいつも飲んでいる……

「……アールグレイだ」

言ったのは、佐藤さんだった。

「あの日と同じだね」

佐藤さんはそう言って、どこか照れくさそうにはにかむ。

ご存じの通り、佐藤さんは俺の恋人になる前に一度だけ、俺の部屋にあがったことがある。

忘れもしない、俺が佐藤さんのことを助けたあの日。

怯《おび》える佐藤さんを落ち着かせたのも、このアールグレイだった。

「……なんか、不思議だよね」

佐藤さんがマグの中を眺めながら、ぽつりと呟《つぶや》く。

「あの日、私も押尾君も、もうお互いのことが好きだったんだよね」

「……そうだね」

思いのほかストレートに「好き」という単語が出てきたものだから、少し動揺してしまう。

「つまりさ、あの時どっちかが告白したら、付き合えてたってことだよね」

「告白したのはそれよりちょっと後になってからだけど」

「不思議だよね、これだけ近くにいてお互いを好き合ってても、言葉にしないと付き合えないってさ……でも、うまく言葉にできないけど、それってすごく大事なことだと思うんだ」

「大事なこと？」

「分かんないけどね」

佐藤さんは……そこまで言って恥ずかしくなったらしい、マグカップを手に取る。

……本当は理由を聞くつもりだった。

どうしてこんな時間に俺の家に？　どうしてあんな汗だくで？

でも紅茶を冷まそうと、赤い顔でふうふうやる彼女を見ていたら「まだ聞かなくてもいいかな」なんて気分になってくる。

……そういえば佐藤《さとう》さんと二人きりで話すなんていつ以来だろう？

どういうわけか今日の彼女とは普通に会話ができている。

そんな些細《ささい》なことが、なんだか普通に嬉《うれ》しかった。

「……お父さん、なんて言ってた？」

「落ち着いたら連絡しろってさ、ちょっと怒ってた」

「うっ……本当にありがとう押尾《おしお》君……」

「あと今日限り門限は気にしないって」

「そっか……よかった」

丁度いい塩梅《あんばい》に冷めたのだろう、佐藤さんがようやくマグカップへ口をつける。

そんな小動物的な仕草をなんとなく眺めていたら……

佐藤さんがぼそりと一言、

「……だったらずっとこのままがいいな」

――完全に油断しきっていたところへ放たれた不意の一撃に、自らの体温が消え、内臓がふわりと浮き上がるような奇妙な感覚を覚えた。

だったら、ずっと、このままが、いいな――？

数秒の間に、俺の中へ膨大な量の情報が殺到し、思考が固まってしまう。

佐藤さんはどういうつもりでそんな発言を？　どう答えるのが正解？　カレシとして――

『娘を疵物《きずもの》にしたら殺す』　いっそ俺の聞き間違いということはないか？　笑ってごまかす。

『恋愛っていうのは手詰まりを感じたらあえて距離をとるのも手のひとつだ』　そもそも、佐藤さんのためになることって――？

様々な情報が、頭の中で交錯する。

どこかで誰かに言われた台詞《せりふ》が、自分自身の思考が、激しく混ざり合って、なにがなんだか分からなくなって、俺は――

……いや。

……違うだろ。

「――俺もそう思うよ」

その台詞《せりふ》を口にした瞬間、ここ数日あれだけ荒れ狂っていた思考の濁流がぴたりと治まるのを感じた。

次の言葉も自然と続く。まるで自分の中の栓が抜けたようだった。

「俺も、ずっとこうしていられたら、と思う」

……簡単なことだったんだ。

自分の気持ちを伝えるために、余計なことを考える必要なんてなかった。

ただ言葉にすればよかったんだ。

だって俺は――

佐藤《さとう》さんの、恋人だから。

「……うん」

佐藤さんがマグカップに口をつけながら小さく頷《うなず》く。

佐藤さんの顔が赤いのはお風呂《ふろ》上がりだから……というわけではないようだ。

多分、俺の顔も今、全く同じ状態になっている。

「な……なんか改めて口に出すと恥ずかしいね……ははは」

「わ、私も！　顔こんなに赤くなっちゃって……あははは」

「はは……」

「……」

しばらくの間、部屋の中に大きな静寂が横たわる。

壁掛け時計の秒針がこちこち進む音、エアコンが温風を吐き出す音、窓の外から聞こえる虫の声……秋の夜長、時刻は21時に差しかかろうとしていた。

……ヤバい。沈黙が続くと意識してしまう。

こんな時間、俺の部屋、俺の服を着た佐藤さんと二人きり……

とうとう耐え切れなくなって佐藤さんの様子をちらりと窺《うかが》う。

すると――なにやら奇妙な光景を目にした。

「……？」

佐藤さんが目をつぶって、人差し指で右のこめかみを叩《たた》いている。

……いや、あれは押しているのか？

繰り返し繰り返し、何かを探るように、こめかみを指で押し込んでいる。

口も小さく動かして何か唱えているようだけれど、いかんせん声が小さすぎて聞き取れない。

なんだ……？

今までに見たことのない佐藤さんで、どう対処していいのか分からない……

「さ、佐藤さん？　頭でも痛いの……？」

「……」

佐藤さんから返事は返ってこない。

いや、そもそもこっちの声なんて聞こえていないように見える。

そんな不可解な状態が十秒ほど続いたところで、

「……よし」

という呟《つぶや》きとともに、佐藤《さとう》さんの謎《なぞ》の「こめかみ押し」は終了した。

なにが「よし」なんだろう——

そう質問する間もなく、佐藤さんがこちらへ振り向く。そこでようやく彼女の変化に気がついた。

あれ？　佐藤さんの顔の赤みが完全に引いて……？

「——ねえ押尾《おしお》君、アルバム見せて？」

「へっ？」

あまりにも脈絡がなさすぎて間の抜けた声が出てしまった。

アルバム？　なんで？　というか佐藤さんなんか雰囲気変わった？

いろんな疑問からフリーズしていると、佐藤さんはきょろきょろと部屋の中を見回して、おもむろに立ち上がった。

それがあまりに自然だったから、つい反応が遅れてしまう。

「ええと、ここかなぁ」

——佐藤さんが俺の本棚を物色し始めたではないか！

「ちょっ、ちょちょちょちょちょっ!?!?」

俺は慌てて立ち上がり、佐藤さんに駆け寄った。

いや、別に変な本は入っていない、とは思う……けど！　それにしたって恋人に本棚を覗《のぞ》かれるのは抵抗がある！

第一佐藤さんってそういうキャラじゃないじゃん!?

「佐藤さん、それはさすがに恥ずかしいって!?」

「あっ、あった、桜庭《さくらば》東中学校卒業アルバム」

「聞いて!?」

「――し――――っ」

佐藤さんはこちらへ振り向くと、口元に指を当てながら悪戯《いたずら》っぽく笑う。

その小悪魔的な笑顔には見覚えがあった。

これは……この佐藤さんは……

「押尾君、夜は静かにしなきゃダメなんだよ」

「ぐっ！」

くすりと笑うその仕草に、不覚にもときめいてしまった。

間違いない！　この佐藤さんは桜華祭《おうかさい》のあと、俺のことを手のひらで転がしていた「小悪魔佐藤さん」だ!!　なんでこのタイミングで!?

「ほら押尾《おしお》君座って座って、一緒に見ようよ」

分厚いアルバムを抱えたまま、一足先にテーブル前へ腰を下ろした佐藤《さとう》さんが、俺のことを誘っている。

逃げ場のない密室で小悪魔佐藤さんと二人きり……

状況は危機的だ。でも今は彼女に従うしかない。

俺はさっきと同じようにテーブルを挟んで向かい側に座ろうとして……

「違うよ押尾君！　隣！　隣に座るの！」

「えっ」

「反対側に座られるとアルバム見づらいでしょ！　ほら！」

「そ、そうだね……」

俺はクッションを持ってテーブルを回り込み、佐藤さんの隣に移動する。

もはや為《な》すがままだった。

ち、近い……俺の服を着た佐藤さんが近い……！

「ほ、ホントに見るの？　俺結構、本気で恥ずかしいんだけど……」

「見るよお、せっかく押尾君の部屋にあがったんだし、ふふ」

「うぐ」

佐藤さんの小悪魔スマイルも近いんだけど!!

ていうか佐藤さんのまだしっとりした髪からウチのシャンプーの匂《にお》いがする!!

「じゃあ分かった！　見よっか！　本当に、恥ずかしいけど！」

もはや平静を保つので精一杯だった。

もうこの際、俺の過去の恥ぐらいどうでもいい！　すぐに別のことで気を逸《そ》らさないと変になりそうだ！

覚悟を決めてアルバムに向かう。

でも……佐藤さんはなかなかアルバムをめくろうとしない。

アルバムに手を添えたまま動かなくなってしまった。

「ど、どうしたの佐藤さ――」

そこまで言いかけたところで、それは起こった。

「えいっ」

――佐藤さんが俺の肩に寄りかかってきたのだ！

「――ッ！！？」

佐藤さんの体重を預けられていなければ、俺は再び座ったままカーペットから跳ね上がっていたことだろう。代わりに心臓が喉元《のどもと》まで跳ね上がったけど。

「……押尾君、ドキドキしてる」

「……っ！　……っっ！」

今までにないぐらいの超・超・超至近距離で囁《ささや》かれて、思わず大声で「するに決まってるじゃん!!」と叫びそうになったけれど、男の意地にかけて堪《こら》えた。

「する、よ、そりゃ……」

「そっか、しちゃうよね。私もしてるよ」

「……」

お互いの顔が見えないこの体勢に助けられた。

今の顔を佐藤《さとう》さんに見られたら、俺はきっと一生立ち直れない気がする……っ!!

なんだ!? 佐藤さんは本当にどうしてしまったんだ!?

つい数時間前まで、マトモに目も合わせてくれなかったのに……!

「……なんか二人とも部屋着なの、お泊りみたいでドキドキするね、ふふ」

——あと間違ってもこんな大胆な台詞《せりふ》口にするような子じゃなかったのに!!

本当にもう、身が持たない!

「あ……アルバム見ようか!」

降参! 白旗だ!

俺は観念して自分から「桜庭《さくらば》東中学校卒業アルバム」をめくり始めた。

「中学の卒業アルバム、ちゃんと見返すの初めてかも……」

「あ、これ押尾《おしお》君でしょ! 学ランだあ」

「見つけんのはやっ！　……ホントだ、なんか恥ずかしいな」

「まだ二年前でしょお、でも顔立ちとか結構変わったね、あ、こっちは蓮君《れんくん》だ。同じクラスだったんだね」

「なんでか知らないけど蓮は中一からずっと同じクラスだったなぁ。あの頃の蓮はサッカーがすごくうまくて、ヘタしたら今よりもモテてたよ」

「その頃から仲が良かったんだね」

「まぁ中学時代の蓮は部活で忙しかったし、今ほどはつるんでなかったけど」

「押尾君は部活してなかったの？」

「カフェの手伝いで忙しかったから」

「その頃からcafe tutujiで働いてたんだ。押尾君はえらいなぁ」

「ちょっとした手伝いだけだけどね……あ、担任の先生、懐かしいなぁ」

「へぇー……」

　あれだけ恥ずかしかった卒業アルバムだけど、今ではかえってそれに助けられたかたちになる。

　さっきまでの気まずさはどこへやら、アルバムのページをめくりながら、俺と佐藤さんは中学時代の話で盛り上がった。

入学したての頃はクラスでも五番目に背が低く、背が伸びると信じて、毎日父さんのプロテインを牛乳割りにして飲んでいたこと。

二年生の頃に身長が伸びてから、スポーツも人並みにできるようになったこと。

悪さをした蓮《れん》を、職員室まで引っ張っていくのが俺の役目だったこと。

何か辛《つら》いことがあった日は、夜半家を抜け出して学校前にある小さな橋で、夜の川を眺めながら蓮と一緒にレモンサイダーを飲んだこと。

高校受験前は近所の喫茶店に通い詰めだったこと。

店主のおじいちゃんが俺を気遣って、たまに余りもので作ったスープを振る舞ってくれたこと。

それでも帰る頃にはすっかり空腹で、こっそりコンビニであんまんを買い食いしていたこと
……

話せば話すほど思い出が蘇《よみがえ》ってきて、俺はつい時間が経《た》つのも忘れていた。

途中何度か「佐藤《さとう》さんはこんな話を聞かされて面白いのだろうか?」と思って、実際に尋ねてみたけれど、そのたびに彼女は、

「面白いよ」

と言うだけで、本当に面白そうに笑うので、俺も調子に乗ってつい話し込んでしまった。

そして新しい発見もあった。

自分のことを恋人に聴いてもらえると、とても幸せな気分になるのだと――

「……終わっちゃった」

クラスのみんなからの寄せ書きを読み終えてアルバムを閉じた時、佐藤さんは名残惜しそうにつぶやいた。

時計を見ると、アルバムを見始めてから30分近く経過していた。

よくもまあ卒業アルバム一冊でこんなに時間が潰《つぶ》せたものだと感動してしまった。

……でも、楽しかった時間もそろそろ終わりだ。

「佐藤さん、そろそろ落ち着いた？」

「…………」

向こうもなんとなくその雰囲気を感じ取っていたのかもしれない。上から覗《のぞ》き込むと、俺の肩に寄りかかったまま（さすがにもう慣れた）、不満そうに口先を尖《とが》らせているのが見えた。

「和玄《かずはる》さん、ああは言ってくれたけど、本心ではきっと気が気じゃないんだよ。そろそろ帰らないと心配かけちゃうから、ね？」

「…………いいんだ、私、このまま帰っても」

「ぐっ……！」

くそっ……小悪魔佐藤さんは的確に俺を揺さぶる発言ばっかり……！

俺は少しの間、人には決してお見せできない煩悩と葛藤《かっとう》して……がっくりと肩を落とし、深い溜息《ためいき》を吐《つ》いた。

「そりゃ本音では帰ってほしくはないけど……和玄《かずはる》さんと約束したんだよ、こはるさんは無事に帰しますって。俺はこれからも佐藤《さとう》さんと一緒にいたい、もちろん皆に認められた上でね」

「…………ヘタレ」

「……」

乗せられるなよ押尾颯太《おしおそうた》～……たとえそうだとしても、お前は正しいことをしているんだぞ～……泣くな～……

「……とにかく、今日は帰ってもらうよ」

「……」

揺さぶりが効かないと見るや否や、佐藤さんは頰《ほお》をぱんぱんに膨らませて威嚇《いかく》してくる。可愛《かわい》いけど、メチャクチャ可愛いけど、もちろんダメ。

「……じゃあ、最後に一つだけワガママ聞いてほしい」

佐藤さんが頰を膨らませながらそんなことを言う。

ふだん引っ込み思案で遠慮がちな彼女にしては珍しい要求だ。

それと同時に佐藤さんときたら俺がワガママを聞かない限り、てこでも動かないつもりらしい。後頭部をぐりぐりと押しつけてくる。

「……わかった、何をすればいい？」

俺がこう答えると、佐藤さんはようやく身体《からだ》を起こして俺に寄りかかるのをやめた。

佐藤さんの黒目がちな瞳《ひとみ》が俺を捉《とら》える。緊張からごくりと唾《つば》を呑《の》んだ。

そして一言、

「――あんまん食べてみたい」

中学生の頃の押尾君の話を聴いたら私もあんまん食べたくなっちゃったんだよ――それが佐藤さんの言い分だった。

もっととんでもないことを要求されると思っていただけに、ひとまず安堵《あんど》した。

にしてもこの時期の夜は寒い。

俺は佐藤さんに適当なコートとマフラーを貸して、自らも上着を羽織る。

ついでだし、このまま佐藤さんを家まで送ってあげようと思い、彼女が脱いだ服の入った紙袋を持ってあげようとしたが……

「――ダメッッッッ‼」

と、本気の拒否をされたので、これは佐藤さんが持ち運ぶことになった。

……汗臭いと思っているのだろうか？

俺は特に気にしないけれど、まあ本人が嫌がるのなら無理に持つ必要もないだろう。

そんな具合で、俺と佐藤《さとう》さんは白い息を吐きながら、歩いて5分のコンビニエンスストアであんまんを二つ購入し、煌々《こうこう》と光を放つ店内をあとにする。

「……あたたかいね」

店から出るなり佐藤さんが言うので、俺も「あたたかいね」とオウム返しにした。

包み紙越しに伝わってくる火傷《やけど》しそうなぐらいの熱が、かじかんだ指先をゆっくりとほぐしてくれて、ありがたかった。

俺と佐藤さんは店の前に設置された車止めの鉄棒に腰をあずけて、横一列に並ぶ。

ふと頭上を見上げてみた。

中秋の名月……は結構前に過ぎてしまったけれど、今日もそれなりに良い月が出ていた。空気が冷たく澄んでいるせいか星空も綺麗《きれい》だ。思わず「ほう」と白い溜息《ためいき》が出る。

「月が綺麗だね」

「…………………うん」

佐藤さんは少し間を空けてからそう答えて、あんまんの包み紙を剝《は》がし始めた。やはり寒いのか耳の先まで赤くなっている。

……あんまんなんて、ほんと何年ぶりだろう。

他の中華まんとは違う、いかにも饅頭《まんじゆう》然としたつるりと白い表面が懐かしい。立ち上る湯気には酒饅頭のような独特の香りが混じる。

「いただきます」

小さく唱えて、火傷しないよう慎重にかぶりついた。

……甘い。

ごまの風味豊かな、ねっちりした熱々の餡子《あんこ》が舌の上で躍る。ふわふわの皮もうれしい。美味《お》しい。もちろん美味しいが、それ以上に秋の夜風で冷えた身体《からだ》に優しく沁《し》み込んできて、それが心地いい。

「私、実はあんまんって初めて食べたんだけど……」

佐藤さんははふはふと白い息を吐きながら、はにかむ。

「おいしいね、私一人でもまた食べちゃうかも」

……どうやら佐藤さんも気に入ってくれたらしい。

中華まんといえばたいていみんな肉まんやピザまんを選ぶので、どちらかといえばあんまんは不人気な印象だ。

だから俺の思い出のあんまんに、佐藤さんがそう言ってくれるのはやっぱりうれしかった。

そんなわけで、二人並んではふはふと秋の夜空へ白い息を送り出していると、

「……ねえ、押尾《おしお》君」

おもむろに名前を呼ばれた。

「どうして私があんまんを食べたいって言ったか、分かる？」

「あれ？　さっき『中学生の頃の押尾《おしお》君の話を聴いたら私もあんまん食べたくなった』って言ってなかったっけ？」

「もちろん、押尾君の話を聴いて食べてみたくなったっていうのもあるけど……なにより知りたかったの」

「知りたかった？」

「うん、アルバムもそうだけど、押尾君のことがもっと知りたくなったの、どういう中学時代を送ったのかー、とか、好きな食べ物は何か、とか……そういうの色々」

「……ありがとう」

さすがに照れくさくなり、目を逸《そ》らしてしまった。ヘタレが。

「……ねえ、押尾君に聞いてほしい話があるんだけど……ちょっと待ってね」

「うん？」

「な、なんかそろそろスイッチが切れそうだから、話す順番を考えてるの……」

「スイッチ……？」

唐突になんの話だろう。

そういえば佐藤《さとう》さん、なんか家を出てから少しずつ口数が減ってきたような……？

「まず……そうだ、押尾君って私のミンスタ見てたり、する？」

「たまに」

条件反射的に答える。もちろん大嘘《おおうそ》。前も言ったと思うけど佐藤さんのミンスタは通知をオンにしているので、新しい投稿は全てチェック済み。

どうして素直にそれを言えないのかと、少しだけ自分にモヤっとした。

「そ、そっか……ええと、これも変なお願いかもしれないけど……」

「なに？」

「しばらく、私のミンスタを見ないでほしいんだ」

胸のあたりからペキリ、と音が聞こえた。

いつか見た「別れた恋人のSNS、フォローは外すべき!?」というネット記事の見出しが頭の中をよぎる。

でも、佐藤さんは言ってから、俺になんらかの誤解を与えたと気付いたらしい。

「ち、違うの！　別に押尾君にミンスタを見られたくないとか、そういうのじゃなくて！　ただ、ちょっと……私たぶん、これから見苦しい写真いっぱい投稿しちゃうかも、だから……」

佐藤さんがもごもごと、言いにくそうに語尾を濁す。

——佐藤さんが君と距離を取るのは、自分一人の力で何かやらなきゃいけないことがある時だ。

——もう少し佐藤さんと、今まで積み重ねてきた佐藤さんとの関係を信頼して待ってあげてもいいんじゃない？

唐花君《からはな》に言われた言葉が脳内でリフレインした。

事情は分からないけど……

「うん、分かった、見ないようにする。理由は今度、佐藤《さとう》さんが話したくなったら訊《き》くよ」

佐藤さんを信用することにしよう。

俺は家に帰ったら佐藤さんのミンスタ通知をオフにすることを、ひそかに決意した。

「よ、よかった……」

佐藤さんがほっと胸を撫《な》でおろす。

「……で、次の話なんだ、けど……」

佐藤さんはいっそう歯切れの悪い口調で言った。

手元ではあんまんの包み紙を握りしめて、くしゃくしゃに丸めている。

なんだかさっきと比べると、大分いつも通りの佐藤さんに戻ってきたような……

「その……押尾《おしお》君は気付いてると思うけど、私、緊張すると愛想が悪くなっちゃうっていうか、人に対してひどい態度をとっちゃうでしょ……?」

……これは嘘《うそ》をついても仕方ないな。

「うん、まあそういう節《ふし》は、あるよね」

「それで私、押尾君にも大分迷惑をかけちゃったと思う……」

「気にしないでいいのに」

「そういうわけにはいかないよ……！　だから私、ちょっと実験してみたの……」

「実験？」

「うん、自分の中のスイッチを切り替える実験……」

また出てきた、スイッチという謎《なぞ》の単語が。

「私……夏休みに円花《まどか》ちゃんとバイトをしてた時に気付いたんだけど、緊張しすぎて人に対して愛想が悪くなっちゃう瞬間、自分の中でスイッチが入るような感覚があるの」

誰だって状況に合わせてテンションや言葉遣い、キャラクターを使い分ける。

佐藤さんの場合のソレは、仮に「塩対応スイッチ」と呼ぶことにしよう。

「私……そんな風に人によってスイッチを切り替えて、態度を変えちゃう自分がすごく嫌で、なんとか自分の中のスイッチが入らないよう、スイッチを忘れるように頑張ってたの……でも今日姫茴《ひめうい》さんと話して、気付いたんだ」

「……なにに？」

「忘れるんじゃなくて、逆に自分の中のスイッチを意識して、自分の意思でスイッチを切り替えられるようになったらどうかなって」

「自分の意思でスイッチを……」

姫茴さんのことを思い出す。

彼女もまた「ミンスタグラマー・ヒメ」という仮想のキャラクターを作り、状況に応じて意識的にこれを切り替えていた。佐藤《さとう》さんの言っていることもこれと似たようなものだろう。

理屈は分かるけど、どうして今その話を――？

そう思ったのと同時に、彼女の手元から「くしゃっ！」と大きな音がした。

何事かと思って振り返ると……彼女が握りしめた拳《こぶし》の中で、空になったあんまんの包み紙が見るも無残に握りつぶされている。

「えっ」

握りしめた拳はぶるぶる震え、じっとりと汗ばんで赤みが差していた。

「だ、だからっ、ね……私の中の、別のスイッチが入れられないか、今日、た、試してみたんだけどね……」

ここでようやく彼女の異変に気付き、視線をあげると――佐藤さんが今までに見たことのない顔をしていた。

彼女の照れ顔は今までに何度か見てきたけれど、今回はそんな次元じゃない。

まさに鬼気迫るといった風情で……

「どうしても、押尾《おしお》、君と、お話ししたくて、たっ……試したんだけど……」

「さ、佐藤さん……？」

「でも……も、もう限界かも、しれなくて……」

「佐藤さん!?」

言っている途中に、佐藤さんがへにゃりと頽《くずお》れた。

俺は慌てて彼女の身体《からだ》を支える。上着越しに感じた彼女のあまりの体温の高さに俺はぎょっとしてしまった。

その時、この一時間の佐藤さんの異変と、佐藤さんの「スイッチ」の話が俺の中でぴたりと合致する。

もしやこれは……反動か!?

おそらく俺の部屋でやっていたあの謎《なぞ》の「こめかみ押し」が、佐藤さんの中のスイッチを入れる儀式か何かだったんだろう。

あれをきっかけに、佐藤さんは自分の中にある塩対応スイッチとは別の――いわば「小悪魔スイッチ」をオンにした！

だからこそ普段の佐藤さんらしからぬ大胆な行動ができたわけだが……それはあくまで一時的なもの。つまり今の佐藤さんは小悪魔モードで麻痺《まひ》していた羞恥心《しゅうちしん》が復活してしまい、この一時間弱で自分のやってきた数々の大胆行為の反動を食らっている状態なのだ！

となれば今彼女が感じている羞恥心は、きっといつもの比にならないレベルで……

「ご……ごめん、押尾、君……立てない……」

「佐藤さ――――ん！？！？」

俺の腕の中でぐるぐると目を回す佐藤さん。

さっきまで結構しみじみした雰囲気だったのに一転して大パニックだ！

ど、どうすればいいんだよこれ!?

「ま、待ってて！　和玄《かずはる》さんに電話して車で迎えに来てもらうからね！」

俺はスマホを取り出し、再び和玄さんへ電話をかける。

「私……まだ……おしお、君に、いちばん、だいじなこと……伝えてないのに……」

和玄さんを呼び出している間、俺の腕の中で佐藤《さとう》さんが何かを言っていたけれど、いかんせん声が小さすぎて聞き取ることはできなかった。

♥

……スイッチを切り替えるという、発想自体はよかった気がする。

思い付きでやってみた割りにうまくいったし、実際「小悪魔スイッチ（仮称）」を入れた状態の私は……自分自身から見ても、別人だった。

普段だったら恥ずかしくて言えない台詞《せりふ》も言えるし、恥ずかしくてできないことだってできる。

自分にあんな大胆な面があったなんて、初めて知った。

おかげで久しぶりに押尾《おしお》君とちゃんとお話しもできて結果的にはよかったんだと思う、うん。

でも、でも……

「ああああああああァァァ────────っっっ！！！」

「──うるさいぞこはる!!」

もう何度目になるのかも分からない「思い出し叫び」をあげたところ、運転席のお父さんがこれまた何度目になるのかも分からない怒鳴り声をあげた。

そんなこと言われても、これは発作のようなものなのでどうしようもない！

後部座席に寝転がった私は、シートに顔を埋めて

「あああァ──っっ……!!」

と叫ぶ。

運転席からお父さんの溜息《ためいき》が聞こえて、私の中の羞恥《しゅうち》ポイントがまた溜《た》まってしまった。

ああああああああああっっ!!　恥ずかしい!!　恥ずかしすぎて死んじゃう!!　どうして私はあんなことおおおぉぉぉ……っ！

後悔先に立たずというのはまさにこのことで、私の思考は今完全に羞恥心で塗りつぶされていた。

──そう、これこそが小悪魔スイッチの代償だった。

スイッチを入れてから時間が経《た》てば経つほど、だんだんと普段の引っ込み思案で恥ずかしがり屋な自分が戻ってきて……完全にスイッチが切れた瞬間、今まで自分がしてきたことへの

羞恥心《しゅうちしん》がまとめて襲いかかってきた。

スイッチが入っていた時のある種「ハイ」な状態との落差もあり、その苦しさはもう奇声をあげずには耐え切れないほどだ！

「ウウうううぅぅぅ――――っっっっ……!!」

――押尾《おしお》君、夜は静かにしなきゃダメなんだよ。

――押尾君、ドキドキしてる。

――なんか二人とも部屋着なの、お泊りみたいでドキドキするね、ふふ。

――いいんだ、私、このまま帰っても。

――ヘタレ。

「ぐぅぅぅ――――っっ……!!」

泥酔して羽目を外しすぎた人が翌日酔いが醒《さ》めてひどく後悔する――という話を聞いたことがあるけど、まさしくこんな感じなのかもしれない。

ダメだ！　小悪魔スイッチは危険すぎる！

未来永劫《みらいえいごう》封印！　もう二度と使うもんか！

「……何があったか聞いたほうがいいか？」

「聞かないでっっ!!」

「……押尾颯太《そうた》には迷惑をかけてしまったな、今度改めて礼を……」

「今は押尾《おしお》君の名前も出さないでっっ!!」

押尾君の名前出されると芋づる式に恥ずかしいこと思い出しちゃうからぁぁ……!

後部座席をぜいたくに使ってのたうち回る私を、お父さんがバックミラーでちらりと見て、何度目かの溜息《ためいき》を吐《つ》いた。

「……では、どうしてこんなことをしたか聞いてもいいか」

「……それは」

その質問を受けて、私はいい加減に奇声を発するのをやめた。

……一時間分の羞恥《しゅうち》をまとめて食らって、心が弱っていたのもあるかもしれない。

それともこれも「小悪魔スイッチ」の弊害だろうか?

普段の私だったら、こんなことは絶対にしないのに……

「……確かめておきたかったの、押尾君と付き合ってることを……」

お父さんに、恋愛相談なんて。

「私の気持ちを伝えたかったし……押尾君の気持ちを知りたかった……付き合うって、見えないことばっかりだけど……見えない何かをちゃんと確かめたかった……そうじゃないと、簡単になくなっちゃいそうな気がしたから……」

「……そうか」

お父さんの淡白な返事にかーーーっと顔が熱くなってくる。

そしてすぐに怒りが湧《わ》いてきて、私は身体《からだ》を起こし、捲《まく》し立てた。

「も、元はと言えばお父さんのせいなんだよ!?　お父さんが一か月でミンスタのフォロワー600人に増やさないと押尾君との交際を制限するとか言うから……!」

……違う、これはただの八つ当たりだ。

ミンスタの更新をなおざりにしてしまったのは私だし、成績が下がったのも私、押尾君を避けてしまったのも私。

種をまいたのは、あくまで私なんだ。

「……このままフォロワーが増えなくて、押尾君と遊ぶこともできなくなったら、押尾君との距離がどんどん離れていっちゃうかもって考えたらいてもたってもいられなくなって……」

そしたら押尾君を姫茴《ひめうい》さんにとられちゃう――

そう考えたら、私にはもうあんな方法しか思い浮かばなかった。

正しい正しくないはともかくとして、今の私の素直な気持ちを伝えなければと、そう思ったんだ。

結局、全部伝えきる前にスイッチが切れちゃったけど……

あ、やばい、ちょっと涙出てきた。

「……ちょっと待てこはる」

「なにお父さん、私、今すご――く落ち込んでるんだけど……」

バックミラー越しにお父さんを睨《にら》みつける。

お父さんは……どういうわけか、驚いているようだった。

「お前まさか馬鹿《ばか》正直に一人でフォロワーを増やそうとしていたのか？」

そして次は、お父さんの発言に私が驚かされる番だった。

……えっ？

「だ、だってお父さんがそうしろって言ったんじゃん……？」

「はぁ――……お前のそういう一度思い込むと融通の利かなくなるところは若い頃の私とそっくりだ……」

普通に受け答えしただけのつもりだったのに、お父さんは眉間《みけん》を揉《も》みながら吐き出す今日イチの特大溜息《ためいき》で応《こた》えた。

どういうこと……？

「――あのな、そもそもこはる一人でフォロワーを６００人に増やすなんて不可能に決まっているだろう。写真一枚まともに撮れないのに」

「……………………はい？」

思考が止まる。

お父さんの言葉の意味を呑《の》み込むのに、たっぷり時間をかけて――そして、

「はあぁっ!?」

私はシートの合間から身を乗り出して、声を荒らげる。

人生で初めて誰かにキレるという経験をしてしまった。

「——ひっ、ひっ、ひどいよお父さんっ!!　私には無理だって最初から分かってたくせに私に意地悪するためだけにあんな無理難題出したんだ！　サイテー！　バカ！　意地悪人間っっ！」

「運転中に耳元で叫ぶなっ！　そもそも前提を間違っているんだお前は！」

「ぜ、前提？」

「いったい私がいつ！　お前一人でフォロワーを６００人に増やせなどと言った!?」

「え……？」

再び思考停止。

……あれ？　言われてみれば……言ってない？

いやでも、だって、そんな……？

「誰にだって適材適所はある！　一人で無理だと思うなら——友人を頼ればいいだろう！」

「あっ……」

目から鱗《うろこ》とはまさにこのことだった。

……そうだ、なんでこんな大事なことを忘れていたんだろう。

私の友だちは、ミンスタのフォ、フォ、フォ、フォ、フォロワーよりも多いのに。

「え、あれ……？　だったら、私……」

フォロワーは私の力だけで増やさなくてもいい。

だとしたら……もう少しで、何か閃《ひらめ》きそうな気が……

――ミンスタのコツはフォロワーに自分という人間を『伝える』こと。

――あなたはフォロワーどころか、カレシにすら満足に『伝え』されてない。

閃いた。

「――わかったぁっ！！！」

「ぐぉっ!?」

私が耳元で突然叫んだせいでお父さんがハンドル操作を誤り、対向車のけたたましいクラクション音が夜の桜庭《さくらば》市に鳴り響いた。

なんとか立て直したけれど、お父さん（ゴールド免許）はたちまち顔面蒼白《そうはく》になって、全身からじっとりと脂汗を流している。

でも、そんなの問題にならなくなるぐらいの革命的閃きに、私は打ち震えていた。

だって見つけてしまったのだ。

この方法なら、この戦い方なら――

「――ミンスタでも恋愛でも、姫茴《ひめうい》さんと戦える!!」

ふざけるなよこはる……

今までに聞いたことのないぐらいかぼそい声で呟《つぶや》いたお父さんは、心なしかこの数秒で一気に老け込んだように見えた。

✿

わたし、姫茴薫《かおる》は怒っていた。

羊歯《しだ》珈琲《コーヒー》で佐藤《さとう》さんに宣戦布告した、その翌日の放課後、教室でのことである。

「――押尾《おしお》クン～！　またヒメのMINE《マイン》既読無視したでしょ～!!」

一度ならず二度までも!!　結構勇気を振り絞ってメッセージを送ってるのに！

「ご、ごめんっ！　昨日は色々とMINEどころじゃなくてっ!!」

「その言い訳二回目～!!」

「ごめん!!　ホントー――にっっ!!」

押尾クンもさすがに悪いことをしたと思っているらしく、平謝りだ。

わたしもヒメモードで怒り心頭――というわけでは、実はない。

いやまあ確かに二日連続で既読無視されたのはフツーに傷ついたけど……これはあくまでポーズとしての怒りだ。

そもそも押尾クンがMINEの既読無視をするような性格でないのはわたしにだって分かる。きっと彼の言う通り、本当になにかしら事情があってメッセージを返せなかったのだろう。

だから、わたしが放課後の教室で押尾《おしお》クンに詰め寄っているのには、ちゃんとした理由がある。

「なんか押尾のやつ最近姫茴《ひめうい》さんと絡んでるよなあ」

教室のどこかからそんな声が聞こえてくる。

……かかった。

「どっちかっていうと姫茴さんに絡まれてるっぽいけど」

「佐藤《さとう》さんにフラれたと思ったら今度は姫茴さんに言い寄られてるのか……」

「えっ、押尾って佐藤さんにフラれたの？」

「らしいよ」

「そういえば昨日は押尾君と姫茴さん、二人で帰ってたね」

「あれ？　もしかしてもうあの二人デキてんの？」

「手が早いな押尾は～殺すか」

クラスメイトたちの間で瞬く間に噂《うわさ》がバズっていく。

トピックはもちろん「姫茴薫《かおる》と押尾颯太《そうた》が親しくしていること」と「押尾颯太が佐藤こはるにフラれたということ」の二つ。わたしの読み通りだ。

大衆の注目を集めるという点において、ミンスタグラマー・ヒメは誰にも負けない。

昨日佐藤こはるにも言ったことだけど、わたしは恋愛でもミンスタでものんびりするつもりはないんだ。

「ちなみにお前は佐藤さんと姫茴さんどっち派？」

「俺は佐藤さん派かな」

「なんで？」

「佐藤さんの方が胸デカいから」

……なんかすごい嫌な会話が聞こえてきたけど、フォロワー6万人のわたしにとってクソリプなんて日常茶飯事だしー、別に気にしてないしー……

うん……わたしもDあるし……

ま、まあそんなことはどうだっていいもんねー！

重要なのはこの「押尾クンが皆から注目されている状態」を作りだしたこと！

佐藤こはるが実は極度の人見知りって情報はすでにリサーチ済み！　だったら今の押尾クンにおいそれと近付くことはできないはず！

さー、どう出る佐藤こはる――！

「姫茴さん、ちょっといい？」

「えっ」

予想外過ぎる展開に思わず素が出てしまった。

クラスメイトたちも驚いているらしく、露骨にどよめいている。

このタイミングでまさかの正面突破。

わたしのすぐ後ろに、ひどく冷ややかな目をした佐藤《さとう》さんが佇《たたず》んでいた。

元カノと今カノの頂上決戦――きっとクラスの皆にはそういう構図に見えているのだろう。

わたしたち周辺の注目度が爆発的に跳ね上がった。

さながら炎上寸前、といった感じだ。

「……俺先に帰るわ、じゃあな颯太《そうた》」

「あっ、おい蓮《れん》!? 待っ……」

本能的に危険を察知したのだろう、押尾《おしお》君のすぐ傍《そば》で成り行きを見守っていた三園蓮《みその》（だったかな？ 確かそんな名前）がそそくさと退散してしまった。

ふふーん、これから面白くなるのに、勿体《もったい》ないヤツー。

「……あ～、佐藤さんだ～、どうしたの～？ ヒメに何か用～？」

わたしは当然、「ミンスタグラマー・ヒメ」で「塩対応の佐藤さん」を迎え撃つ。どんなことがあってもわたしが被害者でいられるように抜かりはない。

「私、姫茴《ひめうい》さんに言いたいことがあるんだけど、ちょっと外までついてきてくれる？」

……なんとまあ古典的な呼び出しだ。

私のカレシに近付くなと釘《くぎ》を刺してくるのかな？

それとも罵声《ばせい》を浴びせてくる？ もしかして暴力？

まあ、なんにせよ……

「いいよ～！　わたしも佐藤さんとお話ししたかったの～」

――そうだとしたらわたしの思うツボ。

塩対応の佐藤さんがなに？

広大なネットの海で絶えず不特定多数の悪意に晒《さら》されてきたわたしが、フツーの女子高生に負けるはずないでしょ？

「じゃ、押尾クンまたあとでね～！」

「う、うん……」

わたしは去り際に押尾クンへ手を振って、しっかりクラスへの印象づけも忘れない。

バイタリティも、ポテンシャルも、パッションも、わたしの方が圧倒的に優れている。

勝つのは、わたしだ。

「ここでいいかな……」

佐藤さんに連れてこられた場所は、いわゆる校舎裏であった。

そのベタを通り越して古典的な場所のチョイスにわたしはよっぽど笑い出しそうになってしまったけれど、なんとか堪《こら》えてあげた。

……まー人の目もないし、腹を割って話すにはおあつらえ向きかー。

「――で？　話ってなにー？」

今更ヒメスイッチを入れても仕方がないので、素のわたしで相手をする。

「先に言っておくけどカノジョ特権で『もう押尾《おしお》君にアプローチするのはやめろー』とかそういう話なら意味ないよー？　わたしこれっぽちも聞く気ないしー」

佐藤《さとう》さんはこちらに背を向けたまま一言も発さない。

怒った？　怒ったかな？　まーわざと怒らせるように喋《しゃべ》ってるんだけどねー。

「恋人なんて所詮《しょせん》は口ヤクソク、好きって気持ちさえあればカンケーないよねー」

「──」

佐藤さんがこちらへ振り返って、ずんずんと大股《おおまた》で距離を詰めてきた。

おっ、とうとう怒ったかな？　悪いけどスマホの録画ボタンはすでに押してある。

口汚く罵《ののし》ったり手をあげたりすれば、その時点で私の勝ち──

「──姫茴《ひめうい》さんって、押尾君のどこを好きになったの!?」

──え？

全く予想していなかった角度から不意打ちを食らい、呆気《あっけ》にとられたその隙《すき》に、佐藤さんは一気にこちらとの距離を詰めてきた。

まるで子どものように、無邪気に目をきらきらさせながら……

「な、なにー!?」

得体のしれない恐怖にわたしは思わず後ずさってしまうが、後ずさったぶん、佐藤さんはすかさず距離を詰めてくる。

怖いんだけど⁉

「姫茴さんは！　押尾君の！　どこを好きになったの⁉」

「ち、近いーっ！　なにそれ⁉　そんなの聞いてなんになるのー⁉」

「だってこんな機会ないんだもん！　私と同じ人を好きになった人から話を聞く機会なんて！だから押尾君の好きなところ教えて！」

「はぁっ⁉」

恐怖！　ひとえに恐怖だ！

罵声《ばせい》を浴びせかけられたり、暴力を振るわれたりした方がよっぽど理解できた。

でも――佐藤こはるのこれは理解できない！　どういう心境⁉

「あっ、あんたおかしいんじゃないのーっ⁉　言えるわけないでしょそんなの――！」

「私は言えるよ？」

「っ⁉」

……そしてわたしは、気圧《けお》されてしまった。

何故《なぜ》なら感じ取れなかったから。

人一倍他人の悪意に敏感なわたしが、彼女の表情から、言葉から、態度から……

全く、悪意というものを感じ取れなかったから。

「誰に対しても優しいところ、でも意外といじわるなところ、実は結構心配性なところ、困ってる人がいるとすぐに助けちゃうところ、私なんかのためにやきもちを焼いてくれるところ」

指折り数える彼女の言葉に、計算はない。

その言葉が今後どういう影響を与えるとか、相手にどういう印象を与えるとか、そういう打算的なものが一切ない。

「困ったようにはにかむ顔、悪戯《いたずら》っぽく笑う顔、仕事中の真剣な顔……そういうの、全部好き」

彼女はただ、開いているだけ。

ただ自分の中にあるものを、当たり前のように差し出しているだけ。

「――私、負けないよ。だってこんなに押尾《おしお》君のことが好きなんだもん。だから姫茴《ひめうい》さんとは正々堂々戦う。恋愛も、ミンスタも」

――まさかの真っ向勝負できた。

あまりのストレートさに一瞬たじろいでしまったけど……

「はっ!」

わたしは鼻で笑う。

「なにかと思ったらそんなことわざわざ言いに来たのー? おめでたいねー―、自分のカレシがとられるかもって時に悠長に宣戦布告なんて、いかにも自信アリって感じー?」

「ううん、それは姫茴さんも同じでしょ」

「はぁ？」

「だって昨日羊歯珈琲《しだコーヒー》で、押尾クンが好きになったってわざわざ私に教えてくれたでしょ？　私と押尾君がうまくいってないって思ってるなら、こっそりアプローチした方がいいに決まってるのに」

「それはー……」

「それって、姫茴さんなりにスジを通したってことだよね。正々堂々、押尾君をとるって」

「……」

鈍そうなくせに、イヤなところに気がつくー……！

「だっ……だからなにー？　それをわざわざ私に伝えて釘《くぎ》でも刺したつもりー？」

「ううん」

佐藤《さとう》こはるは、これすら否定する。

そのひどく落ち着いた仕草に、私は歯嚙《はが》みをしてしまう。

バイタリティも、ポテンシャルも、パッションも、わたしの方が圧倒的に優れている。

優れているはずだ。

なのに、どうして……

どうして、こんなにも焦りを覚える――？

「私、姫苗《ひめうい》さんのこと止める気はないよ」

「止める気はないって……」

「姫苗さんがアプローチをして、姫苗さんの方に魅力があれば、姫苗さんが選ばれる……そうなったら悲しいけど、私に止める権利はないもん」

「どうせただの強がりでしょー……！」

「うん……そうかも、でも、だからこそ強がれる今のうちに言っておきたかったの」

「な、なにをよー……？」

「――もしどんな結果になっても、全部終わったら私と友だちになってほしいの。たとえ、押尾《おしお》君が姫苗さんについていくことになったとしても」

……もはや、言葉を失うほかなかった。

なんらかの駆け引きや単なる冗談ならどれだけよかったろう。

でも、彼女の眼差《まなざ》しを見れば分かってしまう。

佐藤《さとう》こはるは、本気で、心の底から、こんなバカげたことを言っているのだ――

「はぁ――――っ………」

全身の力という力が、溜息《ためいき》に乗って身体《からだ》の外へ逃げていくかのような気分だった。

これじゃあわたしがバカみたいだ。

こんな飛び道具一つマトモに使えないような相手に、あれだけ気を張っていたなんて。

……なんか急にバカバカしくなってきた。

「あー――はいはい、友だちでもなんでもなってやるけどさー、わたしもう帰っていいー？　あんたと話してると頭痛くなるー……」

呆《あき》れ果てたつもりだったんだけど、佐藤こはるには都合のいい部分しか聞こえなかったらしい。「やった！」と小躍りしていた。

フツー自分のカレシがとられるかもって時にこんな呑気《のんき》なヤツいるのかなー……？

どっと疲れを感じたわたしは、そのまま踵《きびす》を返し……

「……笑わないでいてくれたこと」

去り際に彼女へ告げた。

わたしらしくもない、加工されていない、本当の言葉を。

「それがわたしが押尾クンを好きな理由ー……じゃーね」

「……うんっ！　またね姫茴さん！」

佐藤さんが後ろの方でぶんぶんと手を振って、わたしを送り出した。

最後の最後まで肩の力の抜ける子だった……でも

「なーんか押尾クンと佐藤さんが付き合った理由、今なら分かるなー……」

……まあ、それでも押尾クンはわたしがもらうけどねー。

ちなみに教室に戻ったあと、心を落ち着かせるためにミンスタを開いてみたら、佐藤《さとう》こはるにフォローされていた。

もちろんフォローは返さなかった。

✖

夕方6時の〝メルティ〟。

お客さんはいつものごとくぼくたちしかいない。

注文も同じ、ぼくがたまごサンドで、仁賀《にが》君がナポリタン、小彼《おがの》さんがらっきょう入りピラフだ。

「おい唐花《からはな》、知っているか」

と、仁賀君がなんらかの本を読みながら言った。

「意中の相手を口説きたいときは相手の左側に立つといいらしい。なんでも心臓に近い位置に立たれた時のドキドキ感を恋と間違えるのだそうだ。人体の神秘だな」

「……仁賀君、なに読んでるの」

「なにって……今ネットで人気の恋愛クリエイター、mori先生が著した『今からモテる！超・恋愛心理学講座』だが?」

「胡散臭《うさんくさ》っっ!?　なにそれ!?　ＳＳＦより胡散臭いよ！」

「浅はかな、心理学的見地から恋愛について読み解く実践的かつ哲学的な名著だぞ」

「え～……狂ってるよ～……というかなんでそんなの読んでるのさ？　仁賀君今でもそこそこモテるでしょ」

「そこそこではなく激烈に、だ！」

「さいですか……」

「もちろんボクはモテる。しかしボクは自分でも恐ろしいことに向上心の塊でな、ただでさえナチュラルボーン・モテ男なボクに、体系化されたモテ術が加われば……あぁっ怖い！　自分の可能性が！」

「ぼくも君が怖いよ」

「ところでボクは今キミの左側に座っているわけだが……どうだ？　ドキドキするか？」

「これからは君に左側に立たれるたび怯《おび》える生活を送るのかと思ったらドキドキしてきたよ、悪い意味で。……ところで小彼さんはさっきから難しい顔で何やってるの？」

「初デート、遊園地か、水族館か、映画館までは絞れたのよ……」

「……らっきょうもらうね」

　とまぁこんな感じで、ＳＳＦが解散しても、仁賀君が失恋しても、結局ぼくらのやっていることはほとんど変わらないわけで。

まあこれが平和ってことなのかなーなんて考えていたら……あの日と同じように、メルティのドアが開かれた。

「……見つけた」

振り向くと、そこに立っていたのは――佐藤《さとう》さんだった。

唯一あの日と違うのは、今の佐藤さんは明確にぼくたちを意識しているということである。

「……昨日は本当にありがとうございました。みなさんのおかげで大事なものを失わずに済みました」

……びっくりするぐらい律儀な子だな。

それを伝えるためだけに、こんな場末の喫茶店までぼくらを探しに来たのか？

「別に気にしなくても……今まで散々迷惑をかけたから、そのお詫《わ》びだよ」

「そうだ、礼を言われるようなことではない。それよりも今は他にやるべきことがあるだろう？」

「うん……！　私、押尾《おしお》君を渡したくないから！　頑張ることに決めた！」

「じゃあ本格的にボクたちには関係ないな、健闘を祈る」

「――だから私は今日、友だちにお願いをしにきたの！」

「……友だち？」

「お願い……？」

ぼくと仁賀《にが》君は阿呆《あほ》みたいに佐藤さんの言葉を繰り返して、顔を見合わせてしまった。

そしたら佐藤さんはスクールバッグの中から何かを取り出して、

「これ！」

とこちらへ突きつけてくる。

……それは一枚の写真だった。

被写体は彼女自身、写真の中の彼女はシャーペンを唇に当て、数学のテキストとにらめっこをしているが……そんなことはどうだっていい。

問題は、ぼくたちがその写真に見覚えがある、いや、ありすぎたということだ。

「押尾君にこの写真を見せてもらって……私、恥ずかしい話なんだけど、やっとぜんぶ思い出したの。あの日のこと、あの日の約束のこと。そうしたらお願いできるのは、あなたしかいないって思った」

ここでぼくと仁賀君はようやく気付く。

彼女が「お願い」をしにきた「友だち」とは誰のことか――

佐藤さんが、もう一度頭を下げた。

「――小彼郁実《おがのいくみ》さんっ！　私を撮ってください！」

それまで押尾君とのデート先に頭を悩ませていた小彼さんは、驚いたことに、そこでようやく話題の中心にいるのが自分と気付いたらしく「わ、わたし？」と困惑気味に呟《つぶや》いた。

四枚目　ともだち公園

♠

11月も後半に差しかかり、いよいよ本格的に冬の到来を感じさせる季節だ。

佐藤《さとう》さんが夜、突然俺の家を訪ねてきてから、もうすぐ一か月が経《た》つ。

結局、あの夜どうして佐藤さんがあんなことをしたのか、その理由は聞けずじまいだったけれど……今となってはきっとどうでもいいことだろう。

重要なのは、あの日以降、俺と佐藤さんの関係に少しだけ変化があったことだ。

まず——佐藤さんが学校でも以前のように話しかけてくれるようになったことが一つ。

単純な俺はこんな普通のことでも舞い上がってしまうわけだけど、もう一つ——

『押尾《おしお》君は今なにしてるの？』

「今は雫《しずく》さんから勧められた音楽聞きながら、数学の課題の仕上げをしてたよ」

『あ、それ週明けに提出のやつだよね？　私はもう終わらせたよー』

電話の向こうで、佐藤さんが「ふふん」と鼻を鳴らした。声しか聞こえないのに、どんな表情をしてるかまで容易に想像できたため、思わず笑ってしまった。

——そう、二つ目の変化とは、佐藤さんが毎晩電話をかけてくるようになったことだ。

電話をするのはだいたい21時~23時の間が多く、だいたい20分ほど。

内容は……今何してるとか、その日何があったとか、最近ハマってる音楽とか、たまに昔話とか……要するに雑談だ。

これが俺は、たまらなく恋人という感じがして、嬉《うれ》しかった。

ただ一つ気がかりがあって……

「佐藤さんは今日、何してたの？」

『あー…………い、色々？』

「色々……」

どうしてか、佐藤さんは毎回「今日何をしていたのか？」という質問にだけ濁して答える。

実際、この一か月近く佐藤さんとは一緒に下校していないので、本当に何をやっているのか分からない。

深くは追及しないけれど、たぶん、俺に内緒にしたいことがあるんだと思う。

まあ、

「……そっか、色々か」

——俺は佐藤さんを信頼することにしたのだ。

無駄に思い悩んだりすることは、もうしない。

『うん、色々！　……あ、押尾《おしお》君が課題やってるなら電話してちゃダメだよね……』

本音を言えば佐藤《さとう》さんと電話できれば課題なんてどうでもいいんだけど……でも佐藤さんが真面目に終わらせてる手前、そういうわけにもいかない。

「そうだね、じゃあまた明日学校で……あ、明日は土曜日か」

『ふふ、でもまた電話しようね』

「うんわかった、またね」

『またね』

佐藤さんの声を最後に、通話が切れる。

そうか明日は土曜日か……

前までは、佐藤さんに会えない休日があまり好きではなかったんだけど……土曜日でも佐藤さんと話ができるっていうのは……いいな。スマホってすごいな……

今更になって文明の利器のすばらしさを再認識していたら、手の内でスマホが震えた。

「うん？」

画面を見ると、姫茴《ひめうい》さんからメッセージが届いていた。

また長文メッセージだろうか？　最近はめっきりなかったけど……

そう思って彼女のトークルームを開いてみたところ、意外にも、そこには短く一言。

〝明日の正午、大事な話があるからともだち公園にきて〟


——ともだち公園。

桜庭《さくらば》で育った人なら誰もが知る公園の一つである。

とはいえ遊具はありきたりで古ぼけたものばかり、大きな池がある以外は特別目立った何かがあるわけでもなく、ただ広いだけの公園といった印象だ。

しかし「ともだち公園」という名前の明快さも手伝って、子どもの頃はよく友人との待ち合わせ場所にしていたのを覚えている。

だからこそ——あの姫茴さんがここを待ち合わせの場所に指定したのは意外だった。

「——あ、やっほー、押尾クン」

指定の時間の5分前にともだち公園前へ到着すると、支柱の赤錆《あかさ》びた時計台の下に、すでに姫茴さんの姿があった。

彼女は晩秋らしく羊みたいにもこもこの……ボアブルゾン？　を着込んで下はジーンズだ。

「ごめん、待たせたかな？」

とはいえこの寒さ、外で待つのは相当こたえたろう。

そう思って尋ねたのだが、姫茴《ひめうい》さんはどうしてかにかっと笑った。

「なんか……今のいいねー」

「え？」

「ほら、待たせたかなー？　みたいなやつー」

「……？？」

「なんでもなーーい」

俺の頭が悪いのか、今のやり取りの意味が本当に一ミリも分からなかった。

でも姫茴さんはむしろそれを面白がるようにけらけら笑っている。

…………？？

「……なにか大事な話があるって言ってたよね？」

考えても仕方ないので本題に移ろう。

そう思って、こちらから話を振ったんだけど……

「……」

姫茴さんが、無言でじーーっとこちらを見つめてくる。まるで値踏みでもするかのように、俺の頭のてっぺんから爪先《つまさき》まで、余すところなく。

「…………」

「……あの、姫茴さん？」

「…………」

「どうしたの……？」

「……うん、まあファッションは及第点かなー？」

「今ファッションを見られてたの!?」

　ちなみに今日の服装はチェック柄のチェスターコートに白いニットと細身のチノパン、前回佐藤《さとう》さんと動物園にいった時と同じ格好だ。

　一応大事な話だというからちゃんとした格好を選んではきたんだけど……

「当たり前でしょー？　休日に女の子と待ち合わせなんだから、ファッションぐらい気を使ってもらわないと困るよー」

「えー──と……勉強になりました、姫茴さ……」

「あ！　あと今日はわたしのこと薫《かおる》って呼んでね！」

「……えっ、なんで？」

「わたしも颯太《そうた》クンって呼ぶから」

「なんで？？」

　本当に分からない、どうしてこのタイミングで？

「あの……今日は姫茴さんから大事な話があるって聞いてきたんだけど……」

「薫ー！　呼ばないと大事な話しないからねー！」

「そんな交換条件ある!?」

いきなり赤の他人を人質にとられたような気分だよ！

でも話をしてもらえないことには何も進まないわけで……

「薫《かおる》、さん……？」

「ふふふー、まー今日のところはそれで許してあげるよー颯太《そうた》クーン」

なんだか上機嫌そうだった。

……眞壁珈琲《まかべコーヒー》店で姫茴《ひめうい》さんと出会ってから、そろそろ一か月が経《た》つ。

姫茴さんはあれから毎日教室で俺に話しかけてくれて、俺も姫茴さんのことがそこそこ分かった気でいたんだけど……

なんか今日の姫茴さんはいつもと様子が違うな……？

と、ともかく、

「薫さん、大事な話って……」

「もーせっかちだなー……ここじゃなんだから場所を変えて話そー？　ほら！」

「ちょっ」

姫茴さんに腕を摑《つか》まれる。

待った！　この展開、前も……！

「よしじゃあいくよー！」

「ちょっちょちょちょちょ⁉」

問答無用。

俺は姫茴さんに腕を引かれて、半ば強引にともだち公園の中へと連行された。

「――じゃーあのボートに乗りながら話そうよー！」

姫茴さんに腕を引かれるがまま、ともだち公園の敷地内にある池までやってくると、まるであらかじめそうすることを決めていたかのように姫茴さんが言った。

俺は自らの表情が引きつるのを感じる。

「あ、アレに乗るの……本気で……？」

アレというのは、ともだち公園名物の「スワンボート」のことだ。

誰しも一度は見たことがあるのではないだろうか？

白鳥の姿を模しており、運転席のペダルを漕《こ》ぐことによって推進する、二人乗りの足漕ぎボートのことだ。

ちなみに「本気で？」と聞いたのにはちゃんと訳がある。

ともだち公園のスワンボートはとにかくすさまじい年季の入り具合で、「白鳥」というよりは「赤鳥」とか「茶鳥」といった出《い》で立《た》ちで、俺が小さい頃から変わらず、今にも転覆しそうな見た目をしている。

実際俺も、男友だちが悪ふざけで乗っているところしか見たことがない——そういう代物だからだ。

「……この季節に沈んだら、最悪死ぬよ」

「あははー、なにー？　颯太《そうた》クンって意外とビビりだねー？」

「一応姫……薫《かおる》さんのことも心配してるんだけど」

「……ふふふー、それは素直に嬉《うれ》しいけどわたしが乗りたいんだからいいのー」

「ん？　大事な話をするんじゃ……」

「そうだよー、誰かに聞かれたくない話をするならうってつけじゃないー？」

「それは……そうなのかな？」

理屈は通ってる気がするけれど……いや、まあこんなところでウジウジ言っていてもしょうがないか。

「分かった、じゃあ乗船券買ってくるよ」

「ちょっとダメダメ！　今日はわたしが呼び出したんだからわたしが払うのー！」

「ええ？　なんか悪いよそれ」

「まーまー！　颯太クンにはボート漕《こ》いでもらうわけだからさー！　すみませーん！」

姫茴《ひめうい》さんは俺のことを力任せに押しのけて、貸しボート小屋のおじさんにさっさと料金を支払ってしまった。

なんだろう？　今日の姫茴さん、なんかちょっと……

……いや、考えすぎか。


そんなわけで人生初スワンボートが発進したわけだけど……

乗り込むときに頭をぶつけたり、思いのほかペダルが重かったり（錆《さ》びついていたのかもしれない）、中は外見よりも案外しっかりとしていることに気付いたり……色々と新しい発見があった。

「おー、颯太クン運転うまいねー」

「ど、どうも……」

あと結構な重労働にこの季節でも汗が噴き出してきたけど……姫茴さんが楽しそうなので目をつぶることにした。

そんなこんなで岸から大分離れてペダルを漕ぐのにも慣れてきたところで、あたりを見回してみる。

乗り込む前から気にはなっていたんだけど、土曜の昼ということもあってか池には他のスワンボートもちらほら見える。

問題なのは、そこに乗っているのがほとんどカップルということだ。

……これ、俺と姫茴さんも傍《はた》から見たらカップルに見えるってことだよな。

流されるがまま乗り込んでしまったけど、さすがに恥ずかしくなってきた。

「薫《かおる》さん、そろそろ大事な話を……」

「………」

「……なにしてんの？」

「……いやー、颯太《そうた》クンの横顔かっこいいなーと思って、見てたー」

「痛っぁ!?」

ふ、太腿《ふともも》が「ビキッ！」ていった!!　姫茴《ひめうい》さんが突然妙なこと言うからっっ!!

「あははー動揺してるー、かわいー、写真撮っちゃおーっと」

「いっ、いいけどSNSに投稿したりしないでね……!!」

こんな男子高校生が涙目で太腿をさすってるところ……！

「言われなくてもどこにもあげないしー、ししし」

太腿さすりに必死な俺とは対照的に、姫茴さんは心底楽しそうだ。

……もしかして俺はからかわれているのだろうか？

本当は大事な話なんて最初っからなくって、姫茴さんの休日の暇潰《ひまつぶ》しに付き合わされているだけではないのだろうか？

そんな考えが頭をよぎり始めたけれど……

「――わたし、一度このスワンボートに乗ってみたかったの」

姫茴さんが窓の外の景色を眺めながら言った。

彼女の目はここではない、どこか遠くを見つめている。

「小さい頃からずっと憧《あこが》れてた。でもわたし友だちとかいなかったしー、親と一緒に乗るのもなんか恥ずかしくて……気付いたら高校生で、もっと乗りづらくなってー……」

そこまで言ったところで、姫茴さんはこちらを向いて「にひひー」と笑う。

「だからなんか、今日乗れてよかったなーって思う」

……本当に子どもの頃に戻ったかのような、無邪気な笑顔だった。

そんな顔を見ていると、俺もつい彼女を急かす気が失《せ》せてしまう。

「……わかった、このまま池を軽く一周するよ、ゆっくりでいいからその間に大事な話を」

「——わたしも運転する！」

「うおぁっ!?」

姫茴さんが俺の言葉を遮り、助手席から突然身を乗り出してハンドルを握ってくる。そのせいでボートが大きく傾いた。

「お……落ちるっ！　沈むっ!?」

「あははは——！」

「ひどい目にあった……」

やっとの思いで岸へ戻り、ボートを返却した頃、俺はもう完全なグロッキー状態であった。

き、気持ち悪い……吐きそう……

姫茴《ひめうい》さんが無茶な運転で船体を揺らしまくるから軽く船酔い気味だ……

「いやー、楽しかったねー颯太《そうた》クン」

そして結構激しい揺れだったはずだけど姫茴さんはピンピンしている。

結局、平衡感覚を狂わされているうちに終わってしまい、姫茴さんの「大事な話」とやらも訊《き》けずじまいだし……もういい加減、聞き出さないと。

「薫《かおる》さん、ところで大事な話って……」

「──あっ！　鉄棒だ！　なつかしー！」

「薫さん⁉」

気付いた時にはもう走り出してるし！

「ちょっと待ってよ薫さん……！」

俺はへろへろになりながら彼女の後を追いかける。

姫茴さんは、すでに鉄棒を両手で握りしめて「よーし」なんて言っていた。

今日の姫茴さん、そのへんで遊んでる小学生にも引けを取らないぐらいアクティブなんだけど……！

「……今度は鉄棒？」

「実はわたし、小学生の頃、逆上がりできなかったんだよねー」

姫茴さんは当時のことを思い出すように、錆《さ》びついた鉄棒の感触を確かめながら続けた。

「女の子だし、他にもできない子はいっぱいいたんだけどー、それがなんだか無性に悔しくってさー」

「……そういえば俺も小学生の頃、逆上がりは苦労したなあ」

「ウッソ？　颯太クンってスポーツ得意なのかと思ってたー」

「今でもとりわけ得意ってわけじゃないけどね、昔は背が低くて運動が苦手だったよ」

「へー、そうなんだー、なんか得した気分」

「得？」

「得でしょー、皆が知らない颯太クンのこと知れたんだからー」

姫茴さんがこちらを見て、また「にひひー」と笑った。

俺は……どうしてかその笑顔が直視できなくて、目を逸《そ》らしてしまった。

「け、結局、薫さんは逆上がりできるようになったの？」

「……放課後、皆から隠れて何回も練習したんだけど、その頃のわたし病弱だったからー、学校休んだりしてる間に結局できずじまいでー……でも」

「でも？」

「今ならできる気がする――！」

「えっ？」

言うが早いか、姫茴《ひめうい》さんは鉄棒を握りしめ、勢いよく蹴《け》り上がる。

あまりにもいきなりだったので呆気《あっけ》に取られてしまったが、傍目《はため》からでも彼女が失敗することだけは分かった。

蹴りが弱い、回転が足りない。の割りに思い切りだけはよくって、すでに身体《からだ》が地面と平行になっている。

つまりこのままいけば、彼女は硬い地面に背中から激突――

「――危なっ！」

俺は咄嗟《とっさ》に彼女の傍《そば》へ駆け寄り、背中を支えてやる。

そして彼女の運動を補助して――ぐるりと一回転。姫茴さんは念願の逆上がりを完遂した。

「ほら、できたでしょー」

姫茴さんはまるで最初から俺が助けてくれるのを分かっていたかのように、純粋に逆上がりの成功を喜んでいる。

俺の心臓にはめちゃくちゃ悪かったけどね……うう……

「か……薫《かおる》さん、そろそろ……」

「あっ！　大判焼きの屋台が出てるー！　わたし小さい頃、塾の帰りにクリーム入りのやつがどうしても食べたくてー……！」

「また⁉」

まるで猫のような姫茴さんの気まぐれに、俺はまた振り回されることとなる。

……本当なら強く言うべきだったのかもしれない。

俺には恋人がいるからこういうのは困るのだ――と。

でも……俺の中に生まれたある予感が万が一当たっていたらと思うと、踏み込むことのできない自分もいる。

――ヘタレ。

姫茴さんの背中を追いかける途中、いつか佐藤《さとう》さんに言われた言葉が脳裏をよぎった。

✿

スワンボートに乗った。

逆上がりもできた。

クリーム入りの大判焼きも食べた。

少しずつ片付いていってしまう。着実に終わっていってしまう。

あの頃となんら変わらない、この寂れた公園の中に転がったわたしのちっぽけな寂寥《せきりょう》が、木枯らしに乗ってどこかへいってしまう。

どんどんその時が近づいてくるのが分かる。それでも一歩を踏み出す勇気がわたしにはなかった。

本当はこんなこと、さっさと終わらせた方が楽だろうに——

「ねー颯太《そうた》クン！　次はわたし、あの滑り台が——」

何度目になるだろう、わざとらしい作り笑顔を彼に向ける。

でも……

「……あれ？」

いない。

さっきまですぐそこにいた押尾《おしお》クンが、いつの間にか姿を消していた。

まさか愛想を尽かして帰ったんじゃ……

そんな不安が一瞬頭をよぎったけれど、そうじゃなかった。

彼は少し離れたベンチの前にしゃがみこんでいた。

ベンチには泣きじゃくる女の子——5歳ぐらいだろうか？——がいて、押尾クンは彼女と目線の高さを合わせているらしかった。

「颯太クン、なにやってるのー……？」

「……ああ、薫《かおる》さんごめん、ちょっとこの子が一人で泣いてたから、なんか、ほっとけなくて」

「そ、そうなんだー……」

押尾クンの言葉を聞いて、なんだか胸をきゅっと締めつけられるような感覚があった。

「どうしたの？」

押尾クンが優しい声で問いかける。

急《せ》かすわけでも問い詰めるわけでもない、温かい声だった。

女の子は鼻をすすりながら、断片的に言葉を紡いでいく。

「あのね……わたし……ほんとうはあそこにまざりたいの……」

「あそこ？」

女の子の小さな指が向こうを指す。

見るとそこでは、彼女と同年代ぐらいの男の子たちが固まってチャンバラごっこか何かに興じていた。

「交ざったらダメなの？」

「でも……わたしおんなのこだから……おとこのこにまじったら、いやがられるかもしれないし……」

……きっと彼女にとってのそれは、一人で涙を流すほどの大きな悩みなのだろう。

年相応の、他愛《たわい》もない、明日には忘れるような小さな悩み。

そう言ってしまえばそれまでだ。

でも、押尾《おしお》クンは「そうだなあ」と真剣に頭を捻《ひね》り、彼女へこう提案した。

「じゃあこうするのはどうだろう？　今から君が、あそこのみんなに訊《き》いてみるんだ、いっしょにあそんでいい？　って」

「……きくの？　わたしが？」

「そう、君が」

「でも……でも、だめっていわれたら……」

「その時また、お兄さんと一緒に考えよう？　大丈夫、言葉にすれば必ず伝わるから」

泣きじゃくる彼女でも理解できるよう、簡単な言葉を選んで、ゆっくりゆっくりと紡がれる押尾クンの言葉……

少なくともそれは彼女に伝わったらしい。

「うん、わかった！」

彼女のくしゃくしゃ顔が、たちまち向日葵《ひまわり》のような笑顔に変わる。

押尾クンがそんな彼女の頭を何度か撫《な》でてやると、彼女はすっかり元気になって、一人で男の子たちのところへ走っていった。

この位置からだと会話の内容は聞こえないけれど……

彼女は無事仲間に入れてもらえたらしい。

数秒後には男の子に交ざってともだち公園を走り回っていた。

押尾クンはそんな彼女の姿を見て、優しげに微笑《ほほえ》んでいる。

「……ああごめん薫《かおる》さん待たせたね、次は……滑り台だっけ?」

そして振り返った彼の笑顔を見た時、
わたしの中の最後の寂寥《せきりよう》が、
綺麗《きれい》さっぱり、
消えてしまった。

「——好きです」

口にした瞬間頭が真っ白になって、全身に痺《しび》れが走って、なにもかも分からなくなって。

「わたしは、押尾颯太《そうた》が好き。わたしと付き合ってほしい」

それでも最後まで伝えきった。

世界から音や色が消えて、わたしと押尾クンだけになる。

押尾クンは……べつだん驚いた様子はなかった。

ただ少しだけ哀《かな》しそうな顔はしていたけれど、それでもわたしから目を逸《そ》らさないで、答えてくれる。

「……ごめん」

不思議なことに、その一言でわたしはふっと心が軽くなるのを感じた。

きっとすでに、こうなることを知っていたからだろう。

「……そっかー、やっぱりフラれちゃったかー、最初は結構自信あったんだけどなー」

わたしはくるりと踊るように押尾《おしお》クンへ背を向け、自分の中のスイッチを入れる。

ヒメスイッチではない、いつも通りの「姫茴薫《ひめうい かおる》」でいられるためのスイッチだ。

「うん……わたしねー、実は眞壁珈琲店《まかべコーヒー》で初めて押尾クンと出会った日から、ずっと押尾クンに惚《ほ》れてたんだー、気付いてたー？」

「……俺は」

「あ、いややっぱ言わなくていいやー、どっちでも泣いちゃいそうだしー」

「……応《こた》えられなくてごめん」

ははは、押尾クン、そういうところはあんまりデリカシーないなー。

ちょっとスイッチ切れかけちゃったじゃんねー……

「ホントはさー……自信あったんだー、押尾クンのカノジョになる自信。昨日の夜まではねー」

「……昨日の夜？」

「昨日の夜さー、佐藤《さとう》さんのミンスタを見たのー」

ただ冷やかすだけのつもりだった。

恋愛もミンスタも負けない、なんて大見得切ったあの子のミンスタがどんなものか、茶化すつもりで開いたに過ぎなかった。

でも……

「……そしたら分かっちゃったー、わたしが勝てないってことー」

まさかそれが決め手になるなんて夢にも思っていなかった。

わたしは精一杯のはにかみ顔を作って、振り返る。

「その反応だと押尾クン見てないでしょー、佐藤さんのミンスター」

「……見ないでほしいって言われたから」

「あー、佐藤さんが言いたくなる気持ち分かるわー、でも見た方いいよーあれは。あれを見たからわたし、昨日の夜慌てて押尾クンをデートに誘ったんだもん。負けるのが分かってても、わたしの気持ちはホントだからねー」

「姫茴さん……」

……はぁ、そんな目で見ないでほしいなー。

ダメだ、耐え切れない。

ごめんねヒメ、最後だけズルさせて。

スイッチ、オン。


「――でも、ヒメとのデート楽しかったでしょ～！　また遊んであげてもいいよ～！」

「ありがとう姫茴さん、好きでいてくれて。また、学校でね」

――こうして、姫茴薫《ひめういかおる》の初恋は終わった。


ベンチに座って、一人スマートフォンをいじる。

目に映るうら寂しい風景の中に、押尾《おしお》クンの姿はもうない。

スマホ越しに流れ込んでくる雑多な情報の数々と、そこをかき分ける単純な指の動きが、なんとかわたしをこの世界に繋《つな》ぎ止めてくれているような、そんな気がする。

――これは自慢なんだけどわたし、ＳＮＳに上がってる写真を見ればその人がどういう人間か大体当てられるよ。

「……嫌な特技」

私は自嘲《じちょう》するように言って、ミンスタで佐藤《さとう》さんのページを開いた。

何度見ても笑ってしまう。

撮影技術も、センスも、ターゲッティングも、どこをとっても三流だ。

一流ミンスタグラマーなんて程遠い、でも……

「これ見たらわたしじゃなくても分かっちゃうよ、佐藤さん、押尾クンのこと好きすぎじゃん」

……ホント、こんなもの見なければ、もう少し素直に押尾クンとのデートを楽しめたかもしれないのに。

はーあ、勝てないと分かってる戦いに挑むなんてわたしらしくもない。

とんだ茶番だ。時間を無駄にしてしまった。

わたしには6万人のフォロワーが待っているのに——

そう思っていたら、不意に、スマホをいじる私の前に何かが差し出された。

「……え？」

……クレープだ。

安っぽい包み紙、薄っぺらくて焦げた皮、生クリームにチョコバナナ。

新宿とか渋谷のあーいういかにも映《ば》えそうなやつじゃなくって、どこにでもありそうなごくフツーのクレープ。

わたしが顔をあげると……そこには見覚えのある三人が立っていた。

右から軽田《かるた》、夏目《なつめ》、品本《しなもと》、バレー部の女子三人組。

いつかわたしの悪口で盛り上がっていた三人の姿がそこにあった。

「なんで……」

呆《ほう》けていると、わたしへクレープを差し出した夏目が照れくさそうに、こちらから目を背けたまま言う。

「……なんつーか、ごめん、偶然さっきの見ちゃって、これお詫《わ》び」

……見られていたのか。本当にタイミングが悪い。

わたしは慌ててスイッチをオンにして――

「え、ええ～？　なんのことかヒメ分かんない～、ヒメ、別に見られて困るようなこと……」

「――失恋ってマジ辛《つら》いし、辛い時は辛いって言って、いいと思う。アタシらアホだけど、愚痴《ぐち》ぐらいなら聞ける、から」

「……はは」

……なにそれ。

駆け引きとか、計算とか、嘲笑《ちょうしょう》とか、罵倒《ばとう》とか。

そういうものならいくらでも対応できた。

でも、それはずるい。

わたしの中のスイッチが、切れてしまう――

「……6万人のフォロワーより、一人に好かれたかった」

あれだけずっと我慢していたのに、目から熱い雫《しずく》が零《こぼ》れ出る。

こんな格好悪いところ、本当は誰にも見せたくなかった。でも、それでも……

「――わたし、押尾《おしお》クンのことフツーに好きだったぁー……！」

誰のものでもない、わたし自身の言葉を受け容《い》れてくれる人がいるということが、この上なくうれしかった。

♠

姫茴《ひめうい》さんに言われてほとんど一か月ぶりに佐藤《さとう》さんのミンスタを開いた俺は──気がつくと走り出していた。

本当は走る必要なんてなかったのかもしれない。

後日改めて話をするなり、ＭＩＮＥ《マイン》のメッセージを送るなり、色々と他の方法はあった気がする。

でも俺にはこの方法しか思いつかなかった。

なにより俺自身が彼女に直接伝えたかったのだ。

もうじき冬だというのにコートの内側が湿るぐらいの全力疾走で、道行く人たちに不審がられながらも──たどり着いた。

「あれ？　颯太《そうた》もう帰って来たのかい？　すごい汗だけど……」

珍しく店頭に出ていた父さんが、俺の姿を見て不思議そうに言った。

cafe tutujiは、土曜日の昼間ということもあってそれなりに客入りも多く、スイーツ同好会ＯＢの皆さんもフル稼働だ。

でも、そんなのは関係ない。

「ああそうだ、そういえば今日は佐藤さんが……」

「ごめん！　話はあとで聞くから！」

「うわっ」

俺は父さんの話を途中で遮って、ガーデンカフェを突き進んだ。

すみませんすみませんと繰り返しながら、テラス席のお客さんたちを躱《かわ》して、先へ進む。

彼女がいる場所はすでに分かっていた。

あの日と同じ、一番奥のテラス席——

「——見つけた」

そこで彼女はあの日と全く同じように、スマートフォン越しにできたてのパンケーキとにらめっこをしていた。

「押尾《おしお》君……？」

彼女は——佐藤《さとう》こはるは、未《いま》だ状況が呑《の》み込めていないかのように、俺を見上げて、目をぱちくりさせている。

「あ、あれ!?　さっきまでそこに元ＳＳＦの人たちがいたんだけどっ……というか押尾君はどうして私がここにいるって分かって……？」

どうやら俺の登場に相当混乱しているらしいけど、そんなに驚くことかな、と思わず噴き出してしまった。

あれだけ分かりやすいヒントを出しておいて、本当に不思議そうなのがおかしくてたまらない。

「……佐藤さんのミンスタ見たよ」

「あっ……」

佐藤さんはその一言で全てを察したらしく、伏し目になった。

「そっか、見ちゃったかあ……」

「うん、すごくいい写真だった、佐藤さんのポ、ト、レ、イ、ト」

「……」

たちまち佐藤さんの顔がかあ——っと赤くなる。

ポートレイト——すなわち、人物を主な被写体とした肖像写真のことだ。

今まで食べ物の写真やセルフ・ポートレイト写真をアップしていた佐藤さんは一か月、このポートレイトのみをアップし続けた。しかも自分自身が被写体となって。

当たり前の話だが、自分で自分のポートレイト写真を撮ることはできない。となれば、この写真を撮った誰かがいる。

そして俺には、その人物にたった一人、心当たりがあった。

「小彼《おがの》さんでしょ、写真撮ってくれたの」

「す、すごいね押尾君、写真を見ただけで誰が撮ったか分かるなんて……」

「うん、俺が知る中だと、小彼さんがいちばん佐藤さんの写真を撮るのがうまいから」

あとキャプションに撮影者の名前がクレジットされていたから間違えるはずもないんだけど……まぁそんな野暮なことは言わないでおこう。

「そして、撮影場所を決めたのは佐藤《さとう》さんでしょ」

「やっぱり分かっちゃう……？」

そんなの分かるに決まっている。

だって、佐藤さんがこの一か月アップしてきた写真は……

「――全部、俺と行ったところじゃん」

〝ティー・パール〟〝aytim 9〟〝hidamari〟〝潮《うしお》〟〝フタバコーヒー〟……

それ以外の写真も全部が全部、俺と佐藤さんが今までに二人で訪れた場所だ。

そしてその中でもまだ投稿されていなかったのが……

「ここ、cafe tutuji、俺と佐藤さんが話すようになった場所……でしょ？」

「なんか全部バレてて恥ずかしいね……」

照れ隠しに佐藤さんが笑う。

「……姫茴《ひめうい》さんから告白されたんだね」

「知ってたの？　姫茴さんの気持ち」

「うん、実はね」

佐藤さんは、静かに語り出した。

「本当は……怖くてたまらなかった。押尾《おしお》君がとられたらどうしようって……でも、邪魔をするのは違うなって、それだけは分かったの。不安な気持ちと同じぐらい、応援したい気持ちもあったから」

「応援？」

「だって同じ人を好きになったんだよ？　それってすごく素敵なことだと思うもん。おこがましいかな」

そう言って笑う佐藤さんの言葉に、きっと嘘《うそ》はないのだろう。それは俺自身がよく分かっていた。

「……でも、姫茴さんは私にないものをいっぱい持ってた。本当に押尾君がとられちゃうって思った。だから私、考えたの。口下手な私がどうやったらこの気持ちを押尾君に伝えられるのかって」

「……それでミンスタを？」

「うん、私と押尾君が仲良くなるきっかけになったミンスタグラム……ここに私の気持ちを詰め込めば、押尾君にも伝わるかと思って……」

「伝わったよ、全部」

「……そっか」

そう答える佐藤さんは嬉《うれ》しそうで、それでもやっぱりどこか恥ずかしそうで。

「じゃあ、今度はちゃんと、言葉で伝えるね」

佐藤《さとう》さんがすうっと息を吸い込み、その黒目がちな瞳《ひとみ》でまっすぐこちらを見据える。

思えば、面と向かって彼女に気持ちを伝えられるのは、これが初めてだった。

「私は押尾《おしお》君が好きです。誰よりも好き、今まで会った誰よりも、そしてたぶんこれから出会う誰よりも——だから、これからも私を好きでいてくれますか？」

なによりもまっすぐな、彼女の言葉。

「俺は——」

これに対して俺がどう答えたのか、それは、この場では語らないこととする。

……本当のことを言うと、憶《おぼ》えていないのだ。

ただ夢中だった。

俺の胸のうちを全て、偽りなく全て彼女に伝えて——

我に返った時には、目の前に、以前コンビニ前で倒れた時よりも真っ赤になった佐藤さんの顔があった。

エピローグ　ヒメの友だち

♥

……なんだかすご――――く大切なことを忘れているような気がする。

私がそんな不安に駆られたのは休み明けの月曜日、放課後のことだった。

「う――――ん……？」

どことなく浮き足立った放課後の教室で、私は首をひねる。

押尾《おしお》君とも普通に話せるようになった。私の想いを伝えることもできた。

一件落着のはずなのに……なんだろう？

この喉《のど》に小骨が刺さったような感覚は……

「どうしたの？　佐藤《さとう》さん」

どうやら私は相当難しい顔をしていたらしい、押尾君が心配して声をかけてきてくれた。

土曜の一件でホントはまだちょっと顔を見るのが恥ずかしいんだけど……でも、以前みたいにひどい態度をとったりはしない。

「……なにか大切なことを忘れてる気がするの」

「大切なこと？　忘れるぐらいなら、そんなに大切なことじゃないんじゃない？」

「そう、なの、かなあ……？」

押尾君の言うことも一理ある。

一理あるとは思うけど、果たして本当にそうなのかな……？

……待って？　押尾君？

「――ああぁ――――――っっ!?!?」

全身に電流が走るような感覚があって、私は思わず教室中に響き渡るほどの絶叫をあげてしまった。

教室中の人たちが何事かとこちらへ振り返ったけど、恥ずかしがってる場合じゃない！

「どっ、どうしたの佐藤さん……？」

私は急いでスマホを取り出し、ミンスタアプリを立ち上げて……絶望する。

「300フォロワー……」

「なに？　佐藤さんのミンスタのフォロワー数の話？　初めの頃と比べるとすごい伸びたよね」

押尾君が私のスマホの画面を覗《のぞ》き込んで、素直に感心している。

確かに、小彼《おがの》さんの撮ってくれたポートレイト写真のおかげで、私のミンスタは以前からは考えられないほどフォロワーが増えた。

でも違う、違うんだ！　そういうことじゃない！

「た、大変だ……」

「何が大変なの？　一か月でフォロワー３００人なんて、すごいことだと思うけど……」

私は押尾《おしお》君と顔を合わせる。

その時の私は、たぶん世界で一番情けない顔をしていたことだろう。

「じ、実は私、お父さんから一か月以内にミンスタのフォロワーを６００人まで増やさないと、今後押尾君との交際を制限するって言われてて……」

「…………はい？」

「このままじゃ押尾君と遊んだりできなくなっちゃうかもしれなくて……！」

「……はいっ!?」

押尾君の顔面がみるみる青ざめていく。

「なっ……なにその条件!?　というか期日はいつだって!?」

「きょ、今日の20時……」

「あと5時間もないじゃん!?」

「どっどどどどどうしよう!!」

「どうしようって言ったって……！」

あの押尾君が珍しくパニック状態だ。

そりゃそうだよ！　だって一か月間、小彼《おがの》さんの力を借りてやっとの思いで３００フォロワーを集めたのに、あと5時間で更に300フォロワーなんて逆立ちしたって無理だもん！

ふつう、こんな大事なことを今の今まで忘れてるものかなあ!?

「あああああ……私はどうしてこんなことばっかりぃぃ……！」

ここまでうまくいっていたのに最後の最後、私のうっかりのせいで全部台無しに！

あまりの自己嫌悪でいっそ泣き出しそうになっていたら……

「──はいはーい、ちょっとごめんねー」

突然、私と押尾君の間に誰かが割って入ってきた。

彼女は……

「姫茴《ひめうい》、さん？」

「はい佐藤《さとう》さんインカメ見てー」

姫茴さんは自らのスマホを高く掲げ、ぐっと肩を寄せてくる。

「えっ、えっ」

突然のことに困惑しつつも、姫茴さんに倣《なら》ってカメラを見る。

姫茴さんは隣でカメラ目線で頬《ほお》を膨らませたり、唇を尖《とが》らせたり、上目遣いになったりと色々やっていたけれど、私はおろおろするばかりで……

「おしまーい」

何が何だか分からないまま何かが終わってしまった。

「？？？」

姫茴《ひめうい》さんはひと仕事終えた風だけど、私は頭上いっぱいに疑問符を浮かべるしかない。

「姫茴さん今なにを……？」

「なにって自撮りだけどー？」

「そ、それはなんとなく分かるけど、どうして……」

「どうして？」

彼女は、逆に何を当たり前のことを訊《き》いているんだ？　という調子で、

「全部終わったら友だちになるって話だったでしょ～？　ヒメ、良い女だから約束は守るも～ん」

「あっ……」

「んじゃま、これで貸し一つね～、お幸せに～」

姫茴さんは最後にそれだけ言うと、ひらひら手を振りながらその場を立ち去る。

お幸せに――確かに彼女はそう言った。

……守ってくれたんだ、私との約束を。

「……佐藤《さとう》さん、また友だちが増えたね」

「……うん」

姫茴さんとは色々あったけど、結果としては良かったのかな？　今はそう思える。

――が、私の危機的状況は何も変わってない!!

「というかよく考えたら、このまま押尾《おしお》君とデートできなくなったら姫茴さんにも申し訳が立たない!?」

「そうは言っても、あと5時間でフォロワーを倍に増やす方法なんて……！」

「こ、こうなったらもう私がお父さんに土下座するしか……」

いよいよ最終手段・一生のお願いを使う時がきたみたいだ。

もちろん、お父さんが一度決めたことをテコでも曲げないっていうのは私がいちばんよく知っている。

でも何もやらないよりは……！

「あ、諦《あきら》めないで佐藤さん!?　俺も片っ端から知り合いに当たってみるから！　――蓮《れん》！ちょっと来てくれ！」

「……教室のド真ん中で騒ぐから全部聞こえてたよ、ミンスタで佐藤さんのアカウントをフォローすればいいのか？」

「頼む！　できれば友だちにも声をかけてほしい！」

「はいはい、MOONのお客さんにも聞いてやるよ」

「……私も声かければいいーの？　バカップルのお二人さん」

「みおみお!?」

「んじゃま、せっかくだし私もオタク仲間に声かけてみますかぁ」

「わ、私もお父さんとかお母さんに声かけてみるよぉ」

「わさび、ひばっち……」

つい目頭が熱くなる。

なんの見返りもないのに、ただ純粋な善意で、みんなが私を助けてくれようとしている。

「あれ？　これなんの集まり？」

「なんか、みんなで佐藤《さとう》さんのミンスタをフォローするんだってさあ」

「ウッソ！　佐藤さんミンスタやってんの！　あたしもフォローする！」

「うわ！　これ超いい写真じゃん！　スクショしよっと」

——気がつくと、私と押尾《おしお》君を中心にして人だかりができていた。

みんな自らのスマホを取り出して、私のミンスタをフォローしてくれている。

押尾君と付き合う前、たった一人で写真を撮り続けていた頃の私からすると、考えられない進歩だ。

「み、みなさんありがとうございますっ！」

裏返った声で、集まったみんなへ確かな感謝の気持ちを伝える。

……もしかするとお父さんは、私にこれを確かめさせるために、わざわざこんな課題を出してきたのではないだろうか？

今となっては、そう思う――

――でもそれはそれとしてフォロワー300人は無理だった。

ところかわって自宅一階ダイニング、テーブルについた私は震えていた。

秒針のこちこち進む音がいやに大きく感じるので時計を見てみると、針は20時ちょうどを指している。

これはちょうど一か月前の再現だ。

「時間だな」

向かいに座ったお父さんが静かに言い、私はびくりと肩を震わせる。

さながら死刑執行を待つ囚人のような気分だ……

「では今一度確認しておこう。期間は一か月、佐藤こはるはミンスタグラムのフォロワー数を600人に増やさなければ、今後一切ミンスタグラムの更新を禁止、また同時に佐藤こはると押尾颯太《そうた》との交際にも制限を課す――ここまでは合っているな？」

「はい……」

「そして一か月の期限はたった今過ぎた、すなわち現時点でのフォロワー数でこはるの処遇が決まるわけだが、間違いないな」

「………はい」

「よし」

お父さんがスマホを操作して、私のミンスタアカウントを探し始めた。

もうおしまいだ……重い絶望感がのしかかってくる。

──さっきも言ったように、知り合いからフォロワーを300人増やすことはできなかった。

押尾《おしお》君、蓮《れん》君、みおみお、わさび、ひばっち、雫《しずく》さん、麻世《まよ》さん、円花《まどか》ちゃん、ツナちゃん、クラスメイトの皆……

思いつく限りの知り合い全員に当たってみたけど、それで引っ張ってこられるのはせいぜい数十人が限界で、300人には遠く及ばない。

──もう覚悟を決めよう。デートができなくなったとしても、毎日電話するからね……

さすがの押尾君も最後は涙目で諦《あきら》めムードだった。

「……」

静寂の中、お父さんがスマホのディスプレイをかつかつ叩《たた》く。

私の頭の中にはもう「どのタイミングで土下座をすればいいだろう?」という考えしかなかった。

お父さんに泣き落としが効くとは思えないけれど、こうなったらダメ元だ。

頑張った、ベストは尽くした、なら最後まで──

「……驚いたな、まさかここまでやるとは思ってなかった」

お父さんがスマホを操作する手を止め、こちらを見る。

メガネの奥の黒々とした瞳《ひとみ》から感情は窺《うかが》えない。

「完全に予想外だったが、しかし約束は約束だ。これに例外はない。では——」

お父さんがスマホの画面を差し出してくる。

頭を下げるなら、今しかない——！

「お父さん、私っ……！」

「——おめでとう」

「えっ？」

もうほとんど頭を下げかけていた私は、予想と違った反応に素《す》っ頓狂《とんきょう》な声を漏らした。

おめでとう？　祝福？　どういう意味？

困惑の最中、私はお父さんの差し出したスマホを見て——目を疑った。

「信頼に応《こた》えたな」

お父さんが淡々と、しかしどこか嬉《うれ》しそうな口調で言う。

でも、私自身なにが起こったのかはまるで分かっていない。

「まさか目標値の四倍以上のフォロワーを集めてくるとは」

——どうして私のフォロワーが２４００人を超えているんだろう？

「よくやったなこはる」

「えっ、あれ……？　なんで……」

「ともかく約束は約束、ミンスタグラムの使用についても、押尾颯太《おしおそうた》との交際についてもお咎《とが》めはなしだ。しかし、だからといって勉学を疎《おろそ》かにしていい理由にはならない。これ以上成績に悪影響が出ないよう気を引き締めろ、いいな？」

「え？　ああ……う、うん……」

「よし、では私はシャワーを浴びてくる」

お父さんがテーブルを離れ、ダイニングをあとにする。

一人ダイニングに取り残された私は、未《いま》だに状況を呑《の》み込めずに呆《ほう》けていた。

私は自分のスマホでもミンスタを開いてみる。

……何度見ても、フォロワーが２４００人を超えていた。

いや、それどころか現在進行形でフォロワー数が伸びている。

「どういうこと……？」

首を傾《かし》げていると、手の内でスマホが震える。

押尾君からの着信だった。

私は「応答」をタップして、スマホを耳に当てる。

『――佐藤《さとう》さん⁉　ミンスタ見た⁉』

開口一番、電話口の押尾君が興奮を隠しきれない様子で言った。

押尾君もまた、この異変に気付いたらしい。

「み、見たよ……フォロワー数が２４００人も……お父さんもお咎めなしだって……」

『やったね佐藤さん！　本当に良かった……！』

「でっ、でも私、本当に何がなんだか分からなくて……」

『えっ？　佐藤さんもしかしてアレまだ見てないの？』

アレ？　もしかして押尾君が言っているのは、私のミンスタアカウントのことじゃない？

『姫茴《ひめうい》さんの投稿だよ！』

「姫茴さんの……？」

確かに、私はフォロワーを集めることと、お父さんをどのようにして説得するかってことばかり考えていたため、他人の投稿を見る余裕はなかった。

でも、どうしてこのタイミングで姫茴さんの投稿を？

『いいから見てみて！』

「う、うん……」

いつも冷静な押尾君が珍しく早口でまくし立ててくるので、私はスマホを操作して、姫茴さんのアカウントを開く。

そして――

「――あ」

どうして私のフォロワーが突然、爆発的に増えたのか。その理由を、今完全に理解した。

――これで貸し一つね～

姫茴《ひめうい》さんの台詞《せりふ》が脳裏に蘇《よみがえ》る。

なんだか妙な言い回しだと思ったけど、そういうことだったんだ。

「……ありがとう、姫茴さん」

そういえば、姫茴さんが去り際少し笑ったように見えたことを、いま思い出した。

Hime_0622 22時間
ヒメの友だちマジで可愛すぎん？？
フォローしてあげてネ
メッセージを送信する

あとがき

はじめましての方ははじめまして、猿渡《さわたり》かざみです。さるわたりではございません、さわたりです。

続きモノの6巻目ではじめましてということもまぁなかなかないでしょうが、この業界、どこにどんなひねくれ者が潜んでいるとも限らないので、この挨拶《あいさつ》は未来永劫《みらいえいごう》続けるつもりにございます。どうぞよしなに……

というか正味な話、未《いま》だに名前間違えられるんですよね!!

猿渡かざみ名義での活動を始めてから四年と半年。

あとがきやTwitter、あらゆる場面で自らの名前を強調し続けてきた僕ですが、未だに「サルワタリさん」もしくは「サルワタさん」、はたまた「サルワタシさん」等と呼ばれます。

最後のは大道芸人か何かと間違われている可能性がありますね。

この前なんかはとあるイベントにて「スズキ先生の席はこちらです」と言われたもので、五秒ほど固まってしまいました。

これは単なる人違いにございます。

べつに、名前を間違えられることに腹を立てているわけではございません。

ぼく自身、人の名前を忘れる・間違える・知ったかぶるという三拍子揃《そろ》ったマヌケであるくせに、他人の間違いに目くじらを立てるほど図々しくはないのです。

だから、いいんです。

皆さんが凛香《りんか》ちゃんのことを「凛花ちゃん」と間違えようが、
逆に円花《まどか》ちゃんのことを「円香ちゃん」と間違えようが、
そして本作のタイトルを『塩対応の佐藤《さとう》さんが俺だけに甘い』と間違えようが……

だってわざとじゃないんですよね？　悪気はないんですよね？

だから怒ってませんよ。エゴサが面倒だからマジ勘弁とか、そんなことこれっぽっちも思っておりません……

さて気を取り直して、いつものごとく謝辞を。

Aちき先生、今回もまた素晴らしいイラストをありがとうございます。Aちき先生のイラストは間違いなし、でございます。

担当編集の小山《こやま》さん、細かいミスの一つや二つなんのその、圧倒的力でねじ伏せるパワー系編集、今回もありがとうございます。頼りになりますね。

そして出版に携わってくれた皆さま、並びに塩対応の佐藤さんを応援してくださっている読者の皆様へ、大きな謝辞を。

間違いのないよう、届きますように。

ガガガ文庫5月刊

呪剣の姫のオーバーキル ~とっくにライフは零なのに~ 4

著／川岸殴魚《かわぎしおうぎょ》

イラスト／SO品《そひん》

メッソル率いる変異魔獣軍が辺境府メルタートを襲来。シェイと仲間達は因縁を断ち切るため、辺境の命運を懸けた戦いへと臨む。古の力が目覚めしとき、屍喰らいは新たな姿へと生まれ変わり、戦いは神話の舞台へ――

ISBN978-4-09-453067-4（ガか5-34）　定価682円（税込）

青春絶対つぶすマンな俺に救いはいらない。2

著／境田吉孝《さかいだよしたか》

イラスト／U35《うみこ》

学歴コンプ持ちのビリギャル――仲里杏奈。狭山とは、補習クラスの腐れ縁である。案の定、藤崎に目を付けられ、ふたりして留年回避プロジェクトに挑むのだが――？ "痛"青春ラブコメ、第2弾！

ISBN978-4-09-451693-7（ガさ7-3）　定価759円（税込）

高嶺の花には逆らえない

著／冬条《とうじょう》 一《はじめ》

イラスト／ここあ

佐原葉は、学校一の美少女・立花あいりに一目惚れをした。友人に恋愛相談をしていたが、応援をするフリをして好きな子を奪われてしまう。落ち込む葉だが、翌日学校で会った友人はなぜかスキンヘッドになっていて!?

ISBN978-4-09-453068-1（ガと5-1）　定価726円（税込）

転生で得たスキルがFランクだったが、前世で助けた動物たちが神獣になって恩返しにきてくれた3 ~もふもふハーレムで成り上がり~

著／虹元喜多朗《にじもときたろう》

イラスト／ねめ猫《ねこ》⑥

クゥの故郷・ハウトの丘を訪れるシルバたち。預言スキルを持つクゥの育ての親メアリはシルバが救世主だと告げる。一方、ハウトの村には勇者と呼ばれる少女エリスがいた。真の英雄を決めるため救世主と勇者が対決！

ISBN978-4-09-453069-8（ガに3-3）　定価660円（税込）

GAGAGA

ガガガ文庫

塩対応の佐藤さんが俺にだけ甘い6

猿渡かざみ

発行　2022年3月23日　初版第1刷発行
　　　2022年5月31日　　　第2刷発行

発行人　鳥光 裕

編集人　星野博規

編集　小山玲央

発行所　株式会社小学館
〒101-8001 東京都千代田区一ツ橋2-3-1
[編集]03-3230-9343　[販売]03-5281-3556

カバー印刷　株式会社美松堂

印刷・製本　図書印刷株式会社

Printed in Japan　ISBN978-4-09-453057-5

第17回小学館ライトノベル大賞 応募要項!!!!!!!!!!!!!!!!!!!!!!!!!!!!!!

ゲスト審査員は武内 崇氏!!!!!!!!!!!!!!

大賞：200万円＆デビュー確約
ガガガ賞：100万円＆デビュー確約
優秀賞：50万円＆デビュー確約
審査員特別賞：50万円＆デビュー確約

第一次審査通過者全員に、評価シート＆寸評をお送りします

内容 ビジュアルが付くことを意識した、エンターテインメント小説であること。ファンタジー、ミステリー、恋愛、ＳＦなどジャンルは不問。商業的に未発表作品であること。
（同人誌や営利目的でない個人のWEB上での作品掲載は可。その場合は同人誌名またはサイト名を明記のこと）

選考 ガガガ文庫編集部＋ゲスト審査員 武内 崇

資格 プロ・アマ・年齢不問

原稿枚数 ワープロ原稿の規定書式【１枚に42字×３４行、縦書きで印刷のこと】で、70～150枚。
※手書き原稿での応募は不可。

応募方法 次の3点を番号順に重ね合わせ、右上をクリップ等(※紐は不可)で綴じて送ってください。
① 作品タイトル、原稿枚数、郵便番号、住所、氏名（本名、ペンネーム使用の場合はペンネームも併記）、年齢、略歴、電話番号の順に明記した紙
② 800字以内であらすじ
③ 応募作品（必ずページ順に番号をふること）

応募先 〒101-8001 東京都千代田区一ツ橋 2-3-1
小学館　第四コミック局　ライトノベル大賞係

Webでの応募　GAGAGA WIREの小学館ライトノベル大賞ページから専用の作品投稿フォームにアクセス、必要情報を入力の上、ご応募ください。
※データ形式は、テキスト（txt）、ワード（doc、docx）のみとなります。
※Webと郵送で同一作品の応募はしないようにしてください。
※同一回の応募において、改稿版を含め同じ作品は一度しか投稿できません。よく推敲の上、アップロードください。

締め切り 2022年9月末日（当日消印有効）
※Web投稿は日付変更までにアップロード完了。

発表 2023年3月刊『ガ報』、及びガガガ文庫公式WEBサイトGAGAGAWIREにて

注意 ○応募作品は返却致しません。○選考に関するお問い合わせには応じられません。○二重投稿作品はいっさい受け付けません。○受賞作品の出版権及び映像化、コミック化、ゲーム化などの二次使用権はすべて小学館に帰属します。別途、規定の印税をお支払いいたします。○応募された方の個人情報は、本大賞以外の目的に利用することはありません。○事故防止の観点から、追跡サービス等が可能な配送方法を利用されることをおすすめします。○作品を複数応募する場合は、一作品ごとに別々の封筒に入れてご応募ください。